인샤 알라

신의 뜻대로

인 샤 알라-신의 뜻대로

1판 1쇄 찍음 2015년 3월 25일
1판 1쇄 펴냄 2015년 4월 1일

지은이 | 예거
펴낸이 | 고운숙
펴낸곳 | 봄 미디어

기획·편집 | 손수화 정수경

출판등록 | 2014년 08월 25일 (제387-2014-000040호)
주소 | 경기도 부천시 원미구 소향로17, 304(두성프라자) (우)420-864
영업부 | 070-5015-0818 편집부 | 070-5015-0817 팩스 | 032-712-2815
E-mail | bommedia@naver.com
소식창 | http://blog.naver.com/bommedia

값 7,000원

ISBN 979-11-86093-92-4 03810

예거 중편 소설 ★

인샤
알라

هللا ءاش نإ

신의 뜻대로

一
목
차
一

프롤로그

"이게, 뭐지?"

스윽 올라가는 눈꼬리가 세연을 향했다.

살짝 좁아진 미간은 그의 심기가 불편하다는 것을 간접적으로 드러내고 있었다.

데스크 하나를 사이에 두고 그와 일정한 거리를 유지하고 있던 세연은 두근거리는 심장 박동 소리를 무시하며 마음을 다잡았다.

동요하지 않는다. 오늘 아침 이 봉투를 그에게 내밀기로 결심한 순간부터 되뇌었던 말을 끊임없이 머릿속에 새기며 그를 응시했다.

"보시는 대로입니다."

"신 비서."

낮게 울리는 미성이 세연의 귓가를 파고들었다. 반사적으로 가슴이 반응을 했다. 그러나 오늘은, 그의 저음을 들을 때마다 자신을 미치게 만들었던 흥분이 느껴지지 않는다.

아마도 결심했기 때문일 것이다. 자신을 꿰뚫을 듯 직시하고 있는 그의 시선을 똑바로 마주하며 세연은 말을 이었다.

"받아 주십시오, 이사님."

높낮이가 느껴지지 않는 기계적인 말투. 그의 앞에서 줄곧 사용해 온 말투였지만 오늘은 유독 딱딱하게 공기 중으로 퍼져 나갔다.

의식적인 말과 행동은 세연 자신에겐 낯설었으나 그의 눈에는 보통 날과 그리 다름없을 것이다.

일부러라도 그의 앞에서는 차갑고 냉랭하게 행동했던 자신이었으니까.

그의 사소한 행동과 말투 하나하나에 흔들리는 마음을 숨기기 위해서 보여 왔던 의식적인 방어 기작이 오늘도 작용한다고, 생각하겠지.

세연은 일정하게 뛰는 가슴의 박동 소리를 들으며 그의 다음 말을 기다렸다. 그녀가 아침에 일어나자마자 작성했던 사직서의 봉투를 든 채 얼굴을 일그러뜨리고 있던 그는 세연을 이해할 수 없다는 듯 바라보았다.

'말려…… 줄까.'

약간의 기대를 품은 것도 사실이었지만 그녀는 곧 체념하고 말았다.

물론 그는 그녀의 사직을 반려하려 들 거다.

두 사람이 함께 일을 한 기간은 무려 6년이라는 긴 시간. 사실 세연과 그는 일 궁합이 맞았던 터라 지금까지 트러블 한 번 일으키지 않고 일을 해 왔었다.

정확하게 말하자면 그에게 모든 걸 맞춰 준 세연의 희생이 있었기에 가능했던 일이지만.

'하지만 그뿐.'

그에게 어떠한 마음을 품고 있든 간에, 자신은 단지 그에게 있어 단순한 '비서', 그 이상도 이하도 아니었다.

차라리 이 마음을 몰랐다면 좋았을 텐데. 연심을 자각하지 않았더라면 이런 일까지 벌이진 않았을 텐데. 뒤늦은 후회가 밀려왔다. 그녀는 쓰게 웃으며 숨을 골랐다.

거의 24시간이나 다름없을 정도로 항상 그의 곁을 맴돌았다.

열 손가락으로는 전부 셀 수 없는, 정말 많은 시간을 그와 함께 보내면서 얻은 것이 있다면 아무리 자신이 그에게 다른 마음을 품어도 그는 그의 마음을 단 한 칸도 내주지 않을 것이라는 확신뿐이었다.

그래서 세연은, 사직서를 제출하기로 마음먹었다.

쉽지는 않았지만 그러지 않는다면 영원히 그의 곁을 뱅뱅 돌며 애만 끓고 있을 테니까.

벌써 스물아홉.

이제는 남의 뒤만 좇는 일 따위는 하고 싶지 않았다. 서른의 문턱에 선 지금, 더 늦기 전에 새로운 마음으로 새 출발을 하고 싶었다. 그러기 위해서는…….

'그만두어야 해.'

그에게서 멀어질 필요가 있었다.

"신 비서."

"예, 이사님."

세연이 어떠한 마음을 품고 있는지 알 리 없는 그는 구겨진 미간을 펴지 못한 채 의문에 휩싸인 표정을 지으며 그녀를 불렀다. 세연은 반사적으로 대답했다.

여전히 사직서를 손에 쥔 채 인상을 쓰고 있던 그가 고개를 갸웃거리는 게 보였다.

"내가…… 뭔가 신 비서에게 잘못한 거라도 있나?"

의아함이 가득한 음성이 세연의 귓가로 스며들었다. 풋, 웃음이 터질 뻔했지만 그녀는 가까스로 참아 냈다. 잘못한 것이 있었다면 더 좋을 뻔했다.

세연은 올라가려는 입꼬리를 겨우 내리며 대답했다.

"아뇨."

"그런데 왜……."

"새 출발을, 해 보고 싶습니다."

"새 출발?"

힘이 드니까.

지쳤으니까.

더 이상 가까워지지 않는 등을 좇으며, 하염없이 달리기만 하는.

좁혀지지 않는 거리를 미친 듯이 뛰는 것은…… 싫다.

세연은 흐리게 웃으며 차분하게 그의 의문을 풀어 주었다.

"네. 알고 계시겠지만, 저는 스물에 입사를 하여 스물셋부터 이사님을 모시기 시작했습니다. 서른을 목전에 둔 지금까지 이사님과 함께했고요. 그러나 이제는 자립을 할 때가 된 것 같아요. 더 늦기 전에 제 일을 시작해 보고 싶습니다. 그러기 위해서는 이사님을 모시는 일부터 그만두어야겠죠. 그러니 받아 주십시오. 부탁드립니다."

✳   ✳   ✳

"인수인계는 제대로 하겠습니다. 그동안…… 감사했습니다,

이사님."

그에게 고마움을 느낀 것은 사실이었다.

그는 스물 중반이 되도록 이성에게 특별한 감정을 품어 본 적 없는 세연이 처음으로 좋아하게 된 사람이었으니까. 그 감정을 깨친 이후 세연은 사소한 것에 설레어했고 들떠 했다.

그의 마음이 저를 향할 리 없다는 걸 확실히 알고는 있었지만 그런 두근거림조차 즐거울 정도로 그라는 남자에 푹 빠져 지낸 시간을 후회하지는 않는다.

하지만 행복은 언제나 좌절을 동반했다.

어째서 나를 사랑해 주지 않는 걸까. 대체 내가 그가 사랑하는 여자보다 부족한 점이 뭘까.

그는 어째서 나를 쳐다봐 주지 않는 걸까. 나는 왜…… 그의 사랑을 받지 못하는 걸까.

안경 너머 그의 시선이 자신을 단순한 부하 직원 그 이상으로 보지 않는다는 것을 깨달을 때마다 세연은 끊임없이 생각하고 또 생각했다.

어쩔 수 없이 그의 사랑을 갈구하고 있으면서도 속 시원하게 드러낼 수 없는 자신이 미쳐 버릴 만큼 싫은 적이 한두 번이 아니었다.

그를 사랑한 시간은 후회하지 않지만 그에게 마음을 드러내지 못한 것을 후회한 적은 있었다. 한 번이라도 제 마음을 보였다면 상황은 달라졌을까. 생각하고 또 생각해 보았지만 결론은 같았다.

'아니.'

그는 오랫동안 좋아해 온 여자가 있었다.

세연이 감히 상상할 수 없는 시간 동안 그 여자를 소중히 여기고, 아끼며, 사랑해 왔다.

누구보다 그 모습을 가까이서 지켜보았던 세연은 확언할 수 있었다. 그에겐 그 여자 외의 세상 어떤 여자도 눈에 들어 오지 않을 거라고. 슬픈 일이지만 그것은 부정할 수 없는 사실이었다.

'이걸로 된 거야.'

계속해서 만류하는 그를 뒤로하고 회사를 벗어나던 세연은 놀라울 정도로 가벼워진 마음을 자각하고 홀가분한 숨을 내뱉었다.

돌덩이를 얹은 것만 같던 부담감이 사라진 건 정말 의외의 결과였다. 이럴 줄 알았다면 진작 이렇게 행동할걸.

세연은 맑은 하늘을 올려다보며 쿡쿡 웃었다.

잘한 일이다.

어차피 이루어질 수 없는 사랑이라면 그가 세연의 마음을 알아차리기 전에 접는 편이 나았다. 그녀는 쓸데없는 곳에 감정을 소비하는 것을 즐기지 않았기에 지금의 결과가 더할 나위 없이 마음에 들었다.

집으로 돌아오자마자 끊임없이 울려 대는 핸드폰 배터리를 분리해 두고 세연은 한동안 정신없이 잠을 잤다. 마음의 짐을 덜어 냈던 터라 눈은 쉽게 감겼다.

세연이 다시 눈을 뜬 것은 쾅쾅 문을 두드리는 소리 때문이었다. 무심코 시계를 응시하니 어느새 세 시간이 지나 있었다.

그녀는 하암, 하품을 해 대며 현관 쪽으로 걸어갔다. 얼른 문을 열라는 고함 소리에도 차분한 걸음걸이였다.

벌컥 문을 열자 헉헉 숨을 몰아쉬며 '서지훈한테 들었어!' 하고 자신의 상사, 아니, 이젠 '전' 상사가 되어 버린 그의 이름을 아무렇지도 않게 뱉어 내는 친구가 보였다.

그에게 사정을 듣고 찾아온 것이 틀림없는 친구를 세연은 쓰게 웃으며 지켜봤다.

거실로 들어와 자리에 앉은 그녀는 커다란 눈으로 세연에게 자신의 의문을 풀어 줄 것을 당당히 요구하고 있었다. 세연은 주저 없이 계획하고 있던 일에 대해 말했다.

"뭐? 두……바이?"

어차피 그녀에게는 말할 예정이었기에 딱히 거리낌은 없었다. 세연의 유일한 친구 희우는 예상했던 대로 멍한 표정을 지었다.

한 치의 오차 없이 행동하는 희우가 너무 귀엽기도 해서 세연은 웃음을 흘렸다. 희우는 웃는 세연을 이해하지 못했다.

"꽤 오래 계획했던 일이었어."

간질간질 위로 올라가는 입꼬리의 움직임을 막지 않은 채 희미한 미소를 짓던 세연이 희우를 응시했다.

"나한테 주는 선물…… 정도랄까."

내년 3월이 지나면 정말로 서른이 된다.

사람으로서 더 성장하기 전에, 더 나이 들기 전에 혼자 여행을 떠나는 것도 나쁘지 않을 것 같다는 생각이 들었다.

20대의 마지막 겨울이니까, 조금 더 의미 있게 보내는 것이 좋을 거다.

비용 걱정은 하지 않았다. 스무 살 때부터 일을 하기 시작하면서 지금까지 모아 둔 돈이 적지는 않은 편이었다.

경험해 본 적 없는 곳에서 신세연이라는 존재를 알지 못하는 사람들과 섞여 어울리는 건 무척 재미있을 것이다.

비행기 티켓과 숙소는 이미 예약해 둔 상태였기에 내일 당장 떠나면 된다. 세연은 벌렁거리는 심장의 박동을 느꼈다.

"그럼 나도 같이 가!"

희우는 단호한 세연의 대답에 하얗게 물든 얼굴로 소리쳤다. 그녀의 걱정을 이해하지 못하는 바는 아니나 세연은 한

숨이 흘러나오는 것을 막지 못했다.

"희우야."

"너 정말 이상해! 갑자기 회사를 그만두는 걸로도 모자라 뭐? 두바이? 한 번도 안 가 본 곳으로 여행이라니! 그런 모험 따위를 즐기는 성격이 아니잖아! 지금의 너는 내가 아는 신세연이 아닌 것 같다고!"

어쩐지 헛웃음이 흘러나왔다. 희우의 말랑말랑한 입술이 파르르 떨리는 게 보인다. 정말 너 신세연 맞아? 하고 되묻는 희우에게 사실 떠나는 이유가 너라고 말할 수는 없었다.

지훈이 사랑하는 그 여자는 자신의 하나밖에 없는 친구 희우였다.

두 사람이 서로에게 마음을 품고 있다는 것을 알게 된 건 지훈에게 서서히 마음을 주고 있었을 때였기에 한동안 충격에서 빠져나오지 못했었다.

친구가 사랑하는 남자를 사랑하게 되다니. 어찌 이런 운명의 장난이 있을 수 있는가.

'더 이상은, 네가 아는 내가 아니었으면 하니까.'

세연은 가지 말라고, 다시 한 번 생각해 보라며 매달리는 희우에게 쓰디쓴 미소만 지어 보이며 아무 말도 하지 않았다.

```
*        *        *
```

「나를 봐, 세연.」

머리를 울리는 달콤한 목소리에 눈꺼풀을 올렸다. 벽안의
남자가 강렬한 시선을 뿜어내며 그녀를 쳐다보고 있었다.

그의 붉은 입술 사이로 춤추듯 흘러나온 언어는 한국어가
아니었다. 그러나 그가 어떠한 말을 뱉어 내는지 똑똑히 인
지가 가능했다.

세연은 자꾸만 아래로 닫히려는 눈에 힘을 주며 그를 응
시했다.

바다보다 더 푸르른 눈동자와 높이 솟은 코, 탐스러운 붉
은 입술이 하얗고 작은 얼굴 안에 전부 박혀 있었다. 신이 빚
어도 이토록 아름다운 생명체를 만들 수는 없으리라.

세연은 흐려지는 제 시야를 집중시키기 위해 자신의 두
뺨을 감싸 쥐는 그를 지켜보았다.

「내가, 누구지?」

세연을 있는 힘껏 끌어안은 채, 그는 속삭였다. 각인이라
도 시키듯 되묻는 그의 음성에 세연은 입술을 열려 애썼다.
말라 버린 입술이 움직여지길 거부했다.

그녀가 살짝 미간을 좁히자 그는 아아, 하고 작게 탄성을
터뜨리더니 곧 그녀의 입술 위로 자신의 입술을 포갰다.

'아!'

갈라지던 입술에 수분이 맴돌기 시작한다. 벽안의 남자가 새빨간 혀로 보드랍게 쓸어 준 덕분에 겨우 움직일 수 있게 되었다.

아주 짧은 시간이었지만 입술과 입술이 맞닿는 그 순간 느껴진 전율로 인해 움찔거리던 세연은 그에게 모든 신경을 집중시켰다.

「……프.」

제가 흘린 말이라곤 생각되지 않을 만큼 걸걸한 음성이 입술 밖으로 터져 나왔다. 세 음절의 단어였음에도 충분히 알아들은 그의 입꼬리가 올라갔다.

세연은 대답과 동시에 자신의 은밀한 곳을 깊숙이 파고드는 그의 존재를 자각했다. 하아, 거친 숨결이 눈앞을 하얗게 흐린다.

「그래, 세연.」

혀를 촉촉이 적신 후 서서히 아래로 내려온 그의 움직임 하나하나에 반응하는 자신을 막을 수 없다.

이미 붉게 물든 목덜미를 지나 각이 진 쇄골, 깊게 파인 가슴골, 봉긋 솟아 있는 언덕 위의 유두에 그가 닿자 세연은 부르르 몸을 떨었다. 짜릿한 전기가 숨을 막히게 만든다.

세연은 제 안에서 커져 가는 그의 존재를 느끼며 목덜미

에 팔을 걸었다. 그는 반동하는 세연의 허리를 감싸 쥔 채 속
삭였다.

「나야.」

세연의 안으로 제 모든 것을 쏟아 내며 그는 낮게 웃었다.

「당신의…… 프.」

흐려진다.

모든 것이.

새까맣게.

세연은 칠흑 같은 어둠으로 물드는 제 몸을 모두 그에게
맡기며, 서서히 무너져 내렸다.

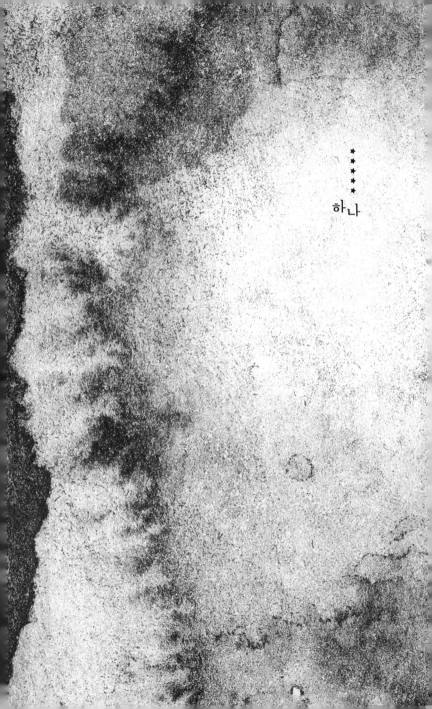

★
★
★
★
★

하나

"꺄아아!"

"크윽!"

"엉엉엉!"

고막을 파고드는 비명 소리가 곳곳에서 들려왔다.

혼란스러운 상황을 견디지 못하고 울부짖는 어린아이들의 목소리는 점점 커져 갔고 굵은 눈물방울을 뚝뚝 흘리는 아이들을 달래던 부모들 역시 기력을 소진해 버린 지 오래.

제자리를 이탈하여 비상구 앞으로 달려가려는 승객들과 그런 승객들을 막으려는 승무원들의 마찰은 갈수록 거세졌다.

아래로 수직 강하하고 있는 비행기 안에서 어느 누구도 똑바로 몸을 가누지 못하는 상황은 이어지고 있었다.

—승…… 승객 여러분께서는…… 지지직…… 자리에 앉아 산소마스크를…… 지지직!

아수라장이 된 기내 안에 의미 없는 안내 방송이 울려 퍼졌다.

살려 달라 외쳐 대는 승객들은 너 나 할 것 없이 울음을 터뜨렸고 세연의 옆자리에 앉은 사람 역시 마찬가지였다.

지옥이라는 단어가 떠오르는 지금 이 시점에서 태연함을 유지하고 있는 것은 단 한 사람, 조용히 산소마스크를 쓴 채 멍하니 기내 천장을 바라보고 있는 세연뿐이었다.

'어디서부터…… 잘못된 걸까.'

반쯤 체념한 표정을 짓고 있던 그녀는 쓰게 웃음을 터뜨렸다.

모든 것이 완벽하다고 생각했었는데. 세상에 계획대로 되는 일은 없는가 보다.

세연은 추락하는 비행기 속에서 탈출하려는 사람들을 흘긋거리며 몇 시간 전 있었던 일을 떠올려 보았다.

"정말…… 같이 안 가도 되겠어?"

두바이로 향하는 비행기에 오르기 직전, 괜찮다고 하는 그녀를 배웅해 주겠다며 굳이 공항까지 달려온 희우는 토끼 같은 눈을 동그랗게 뜨며 물었다.

직업 특성상 상사인 지훈을 따라 해외 출장을 많이 다녔던 세연이었지만 혼자만의 여행은 처음이었던지라 희우는 무척 걱정을 하고 있었다.

그런 희우의 어깨를 두드려 주며 걱정 말라는 미소를 지어 보일 때까진 이런 일이 일어날 줄 몰랐다.

"머리 식히고 와. 그리고 다시 만나."

희우의 곁에 선 지훈이 희우와 눈물의 인사를 마치고 돌아선 세연에게 말했다.

'생각은 변함없을 겁니다'라고 차갑게 대답한 후 옅게 웃은 그녀는 뭔가 더 말을 이으려는 지훈에게서 등을 돌린 채 출국 게이트를 향해 터벅터벅 걸어갔다.

"새롭게 시작하는 거야."

뒤는 돌아보지 않았다. 희우와 지훈이 자신의 등을 지켜보고 있다는 것을 알고 있음에도 불구하고.

고개를 돌린다면 겨우 결심했던 마음이 와르르 무너져 내릴 것만 같아서 세연은 쉬지 않고 걸었다.

"봤어? 그 남자!"

"퍼스트에 탑승하셨다지?"

"내가 서빙해도 되려나?"

"사무장님이 화내실걸?"

듬직한 외양의 두바이행 기체로 계단을 통해 올라가던 세연은 평소답지 않게 들뜬 승무원들의 담소를 들었지만 개의치는 않았다.

슬쩍 그녀들을 흘겨본 세연은 이내 자신의 좌석으로 가 착석을 하곤 안전벨트를 착용했다. 그리고 눈을 감으며 비행기에 적응했다.

곧, 그녀가 탄 비행기는 두바이를 향해 항공을 시작했다.

"으아아악!"

세연은 눈을 감고 있었다. 제대로 청하지 못한 잠에 빠져 기내식도 먹지 않고 꿈을 헤매고 다니던 그녀는 귓속을 찔러대는 비명 소리에 번쩍 눈을 떴다.

그리고 얼마 지나지 않아 그녀는 자각했다. 사람들이 왜 비명을 질러 대고 있는 건지, 울부짖는 건지, 승무원들은 왜 바닥을 나뒹구는 건지, 산소마스크가 왜 제 앞에 내려와 있는 건지, 모두.

세연이 탄 비행기는…… 추락하고 있었다. 그런데 이 긴박한 순간에 떠오른 생각은 우습게도 딱 하나였다.

스물아홉. 20대의 마지막 해를 살면서 그녀 자신에게 후회되는 일. '연애'를 제대로 하지 못했다는 게 이 순간 사무치게 후회되었다.

핑곗거리는 여러 가지였다.

일단, 남들이 다 하는 연애를 하기엔 그녀는 업무량이 너무 많았다.

졸업을 하자마자 회사에 취직을 했고, 지훈을 보필하기 시작하면서 밀려드는 업무량을 감당하기가 힘들었다.

어딜 가도 똑 부러진다는 소리를 들을 만큼 착실한 그녀였기에 지훈을 보필하는 것도 쉽게 적응을 하기는 했었지만 남들과 사적인 친분을 유지할 시간은 없었다. 세연의 중심은 지훈이었고 그의 일이 제 일이었으니까.

그리고 또 다른 이유는 지훈이 아닌 다른 남자에게 1%의 호감도 느끼지 못했던 자신의 마음에 있었다.

세연에게 있어선 완벽한 사람이나 다름없는 지훈이 아닌,

다른 사람을 좋아했더라면 연애를 하기는 쉬웠을 테지.

그러나 세연은 오로지 지훈만을 바라봤었고 그 사랑은 돌아오지 않았다. 난생처음으로 호감을 느꼈던 이가 지훈이었다는 사실이 세연에게 있어선 비극이었다.

"하하."

쓴웃음이 흘러나왔다. 희박해지는 기내의 산소를 보충하기 위해 산소마스크에서 숨을 고르고 있던 세연은 죽음을 눈앞에 둔 채 기도를 하는 승객들을 바라보다 스르륵 두 눈을 감았다.

이토록 허망하게 생을 마감하게 될 거라곤 감히 상상도 해 본 적이 없었다.

그 튼튼하던 기체가 난기류에 속수무책으로 당할 줄이야. 어이없는 실소가 터져 나왔다.

세연은 끓어오르는 가슴을 진정시키며 후회했다.

'이럴 줄 알았다면……'

이렇게 될 줄 알았다면.

말 한 번 해 보지 못하고 죽을 줄 알았다면.

단 한 번이라도 좋으니 '그 말'을 해 보는 건데.

눈앞이 하얗게 흐려졌다.

✳   ✳   ✳

"으윽."

눈을 뜨는 순간 온몸을 죄어 오는 고통이 찾아왔다. 세연은 반사적으로 미간을 좁혔다. 환한 빛이 벌어진 눈꺼풀 사이로 스며들었다. 힘겨운 신음 소리가 입술 틈 사이로 흘러나갔다.

세연은 쉬이 움직이기 힘들었던 손을 들어 올려 눈을 가렸다.

"하아, 하아……."

거칠게 숨을 몰아쉬던 세연은 천천히 손을 내리며 생각했다.

'어떻게…… 된 거지?'

멈추었던 사고회로가 돌아갔다.

그녀가 기억하고 있는 마지막 장면은, 기적은 없다며 외쳐대는 승객들과 난기류를 타고 거세게 흔들리던 기체로 인해 바닥으로 떨어지던 기내용 캐리어들이었다.

지금처럼 강한 태양빛이 얼굴을 내리쬐는 오픈된 장소는 아니었던 것이다.

심장이 미친 듯이 쿵쾅거렸다. 세연은 입술을 악문 채 몸을 일으키기 위해 힘을 줬다.

'큭.'

만약 이곳이 죽은 자들이 오는 곳이라면 이처럼 강한 고통이 느껴지지는 않을 것이다. 세연은 있는 힘껏 몸을 일으켰다. 몇 번의 시도 끝에 앉을 수 있었던 그녀는 거친 숨을 내쉬며 좌우를 둘러보았다.

"……모래?"

까슬까슬한 알갱이가 손끝에서 느껴졌다. 특유의 짭짤한 내음이 코끝으로 스며들었다. 쏴아아, 무언가 들어왔다 순식간에 빠져나가는 소리. 그렇다. 이곳은, 바닷가였다.

"어……째서?"

모래사장까지 파도가 밀려왔다 나가는 것을 지켜보던 세연은 머릿속이 텅 비어 버렸다. 이게 대체 어떻게 된 일인지 도통 감을 잡지 못하겠다. 온몸이 부르르 떨렸다.

그런 상황에서 살 수 있을 거라곤 생각하지 않았는데. 세연은 뒤죽박죽이 된 머리를 정리하기 위해 애썼지만 쉽지 않았다.

넋을 놓고 잔잔한 바람이 불고 있는 파란 물결을 응시하던 그녀는 후들거리는 다리에 힘을 주며 일어났다.

"차……가워!"

꿈을 꾸고 있는 것일까. 백사장을 지나 물이 있는 곳으로 걸어간 세연이 비틀거렸다. 곳곳에 난 상처 틈 사이로 따가운 바닷물이 스며들었다.

고통에 찬 신음이 흘러나올 뻔했지만 그것보다 먼저, 무릎에서 느껴지는 바닷물의 차가운 촉감에 세연은 탄성을 터뜨렸다.

살아…… 있는 거다. 몸에서 느껴지는 감각이 그렇게 외치고 있었다. 추락하는 그 비행기에서, 자신은 기적적으로 생명을 건진 것이다.

세연은 가빠 오는 숨을 뱉어 내지 못하고 헉헉거렸다.

"나, 끅, 나, 난……!"

주르륵, 눈물이 흘러내렸다. 뺨을 타고 움직이던 물방울이 잔잔하게 밀려오는 파도와 만나 어우러졌다.

세연은 어깨를 들썩이며 흐느꼈다. 말은 이어지지 못했다. 그 지옥 같은 곳에서 살았다는 희열과 환의가 그녀의 몸을 휘감았다.

『그만둬!』

그때였다. 살아 있다는 기적에 감사하고 있던 세연은 가까스로 유지하던 전신의 힘이 빠져나가는 걸 막지 못했다.

그리고 찰랑거리는 바닷물과 한 몸이 되기 직전, 어디선가 들려오는 낯선 언어와 동시에 허리를 휘감는 손길이 느껴졌다.

『당신을 죽게 내버려 두지 않아! 절대로!』

겨우 세연을 지탱한 누군가의 윽박지르는 소리가 귓전을

두드렸지만,

'아⋯⋯.'

그녀는 정신을 잃어버렸다.

✻　　　✻　　　✻

"하!"

크게 숨을 뱉어 내며 세연은 눈을 떴다.

마치 물에 빠졌던 사람마냥 미친 듯이 콜록거리던 그녀는 약간의 시간이 흐른 후에야 안정을 찾을 수 있었다. 머리가 깨질 듯 아파 왔다. 세연은 입술을 악물고 고통을 견디려 노력했다.

『일어났나?』

지끈거리는 두통과 온몸을 쑤시는 상처의 아픔이 동시에 느껴져 참을 수 없는 지경까지 이르렀다. 한기로 인해 오소소 전신이 떨려 와 다시금 눈을 감은 채 어금니를 악물던 그녀는 등 뒤에서 들리는 낯선 언어에 획 고개를 돌렸다.

"⋯⋯!"

세연을 가리는 어두운 그림자는 마치 사람과도 같았다. 아니, 그 그림자의 정체는 확실히 사람이었다.

일단 먼저 눈에 들어온 것은 몸을 지탱하고 있는 탄탄한

두 다리였다. 세연과 비슷하게 상처투성이인 다리였지만 여자처럼 매끈하진 않았다. 세연은 눈앞의 사람이 남자일 것이라 확신했다.

그녀는 아주 천천히 시선을 올렸다. 다리를 시작으로 허벅지, 가슴에 다다르자 눈앞의 남자가 입고 있는 옷이 전체적으로 보였다.

그간의 고행 때문이었는지, 아니면 풍랑 때문이었는지는 모르겠으나 그의 의상은 갈기갈기 찢어진 상태였다. 그러나 틈 사이로 보이는 근육은 단단했다. 운동을 많이 한 사람임이 틀림없다고 그녀는 생각했다.

더욱 고개를 들어 올리자 목과 얼굴로 짐작되는 부위가 눈에 들어왔다. 기다란 머리카락으로 얼굴을 가려 제대로 된 모습을 볼 수는 없었지만 그녀는 저를 똑바로 향하고 있는 두 개의 눈동자를 발견했다.

마치 세연을 꿰뚫을 듯 응시하고 있는 그 푸른 눈동자는 은연중에 그녀를 압도하고 있었다. 컥, 숨이 막혀 와 세연은 반사적으로 주먹을 움켜쥐었다.

그 순간.

넋을 놓고 정체불명의 남자를 쳐다보고 있던 세연을 향해 검은 손길이 다가왔다.

『일단 이거라도 덮고……!』

"싫, 싫어!"

그녀는 눈을 찔끔 감으며 있는 힘껏 그 손을 쳐 냈다. 툭, 소리와 함께 검은 손이 들고 있던 무언가가 땅으로 떨어졌다.

세연은 심장이 떨어질 것 같은 충격을 감추며 눈을 아래로 내렸다.

'……!'

이윽고 세연의 시야로 들어온 무언가의 정체는 아마도 남자가 입고 있었던 것이라 생각되는 슈트의 상의였다. 꽤나 고가의 것으로 짐작됐다. 지훈을 오랫동안 보필하며 그런 것 정도는 눈으로도 어림짐작이 가능했다.

세연은 놀라 고개를 들어 그를 바라봤다.

『도와주려 한 거였어. 경계할 필요는…… 후우.』

알아들을 수 없는 언어였지만 씁쓸하게 느껴졌다. 세연은 낮게 한숨을 흘리며 슈트 상의를 집는 그의 행동을 지켜보았다.

도대체 정체가 뭘까? 이 남자는 누구일까? 방금 전의 행동은 내게 호의를 베풀려 했던 걸까?

대화를 나누지 않는다면 풀리지 않을 생각들이 세연의 머리를 헤집었다. 그녀는 고개를 절레절레 흔들고는 슈트를 든 채 제게서 멀어져 가는 그를 향해 입술을 열었다.

"잠깐만요!"

남자가 걸음을 멈췄다.

『날 부른 건가?』

아슬아슬하게 머리카락으로 얼굴을 가린 그가 붉은 입술로 짐작되는 것을 달싹였지만 세연은 여전히 그의 언어를 이해하지 못했다.

푸른 눈동자로 보아선 외국인인 것 같은데. 그녀는 곰곰이 생각하다 만국 공용어를 사용하기로 결심했다.

"이, 인 잉글리시!"

목청껏 소리를 높여 외친 세연의 말에 남자의 푸른 눈동자가 크게 일렁였다. 침을 꼴깍 삼키며 세연은 그가 반응하기를 기다렸다.

부디, 영어를 알아들어야 할 텐데. 지훈의 비서로 일한 시간이 아깝지 않게 그녀는 외국인과 영어로 회화가 되는 편이었다.

그녀는 숨을 죽이며 눈을 크게 떴다.

곧 피식, 웃음을 흘리는 소리가 들려왔다. 세연이 기대에 찬 시선으로 그를 응시하는 순간, 가만히 그녀를 내려다보던 남자가 손을 들어 자신의 머리를 뒤로 쓸어 올렸다.

「그러지.」

　　　　✳　　　　✳　　　　✳

　「……다행히 추락한 곳은 바다였지. 당신의 좌석이 비상구와 멀지 않아서 정신을 잃은 당신을 구출할 수 있었어.」

　눈앞을 가리던 짙은 갈색 머리카락을 거둬들인 남자의 얼굴은 놀라울 만큼 아름다웠다. 세연은 이렇게 아름다운 사람이 이 세상에 존재할 거라고 생각한 적이 없었다.

　숨이 막혀 입술이 떨어지지 않았지만 겨우겨우 대체 어떻게 된 일이냐고 물음을 던지자 그는 어두운 얼굴을 하고 그녀의 앞에 자리를 잡았다.

　그리고 세연이 정신을 잃었을 때부터 일어난 일에 대해 하나씩 읊어 주기 시작했다.

　그는 퍼스트 클래스에 있었다고 했다. 마지막까지 기체를 책임져야 했던 조종사들은 가공할 만한 위력을 보여 주던 난기류를 뚫지 못하고 기체를 포기한 채, 어떻게든 도망칠 궁리를 찾고 있었다는 말과 함께.

　살 수 있는 유일한 가능성은 비행기가 땅이나 바다로 추락하기 직전 비상구를 통해 뛰어내리는 것뿐이었는데, 이미 기내의 많은 이들이 혼절한 상태였던지라 비상구를 뚫는 일은 쉽지 않았다는 이야기도 덧붙였다.

　그러나 천운이었는지, 몇몇 승객의 협력 끝에 굳게 닫혀 있던 비상구가 열렸다. 하지만 눈앞에 펼쳐진 광경은 끝이 보이지 않는 망망대해.

워낙 빠른 속도로 강하하고 있던 비행기였기에 바다와의 거리는 사람이 뛰어들어도 될 정도로, 그리 멀지 않았단다.

살기 위해 어떤 일이라도 할 기세의 승객들은 일종의 모험과도 같은 일임에도 불구하고 너 나 할 것 없이 바다 위로 뛰어들었다.

그렇게 바다로 몸을 맡겨 버린 이들 중에는 구명조끼에 의지해 뛰어내린 사람도 있고, 구명조끼나 낙하산 없이 뛰어내린 이도 있었다고 했다.

남자는 그들과 함께 행동하기 직전, 정신을 잃어버린 세연을 발견했다.

그는 단 1초의 망설임도 없이 세연의 벨트를 풀고 그녀를 어깨에 둘러멘 뒤 구명조끼만 걸치고 바다로 달려들었다. 그리고 그들이 뛰어든 곳과 얼마 떨어지지 않은 지점에서 비행기가 내리꽂혔다는 설명도 했다.

비행기가 바다와 만나며 생성된 거센 물결은 바다 속으로 뛰어든 수많은 승객들을 삼켰고, 남자와 세연 역시 그러했다고 했다.

하지만 남자는 세연의 손을 있는 힘껏 붙잡은 채 놓지 않았으며, 정신을 차려 보니 저와 세연이 이 섬에 있었다고 말했다.

「파도에 밀려온 다른 승객들도 있기는 했었지. 그런데……
그들 모두, 얼마 버티지 못하고 죽어 버렸어.」

그의 푸른 눈동자가 거세게 흔들리는 것을 보며 세연은
덜컹 가슴이 내려앉았다.

「결국 나를 제외하고 살아남은 사람은…… 당신뿐이었
어.」

「……!」

「살아 줘서, 고마워.」

그가 팔을 뻗어 세연의 떨리는 손을 덥석 잡았다. 그녀는
일렁이는 남자의 푸른 눈동자를 응시했다. 뭐라 말을 해 주
고 싶은데 입술이 움직이지 않았다. 세연은 머뭇거리다 천천
히 소리를 뱉어 냈다.

「정말로…… 살아남은 사람이 당신과 나, 뿐인가요?」

「그래. 내 손으로, 그들을 묻었지.」

아아.

남자가 언덕으로 보이는 어느 곳을 가리키자 세연은 울컥
차오르는 슬픔을 막을 수 없었다.

입술을 파르르 떨며 격앙된 감정을 막지 못하는 세연을
그가 조심스럽게 감쌌다. 따뜻한 타인의 온기가 느껴져 세연
은 남자를 응시했다.

「유세프.」

그는 울먹거리는 세연에게 속삭였다.

「내 이름이야.」

그리고는 물었다.

「당신의 이름을, 알고 싶어.」

절박하게 들리는 목소리였다.

둘

　주위를 둘러봐도 보이는 것이라곤 푸르게 빛나는 바다뿐
인 이름 모를 섬.

　비행기가 추락한 지점에서 얼마나 떨어진 곳인지도 짐작
할 수 없는 이 섬까지 표류해 온 세연은, 사람의 흔적이라곤
존재하지 않는 이곳에서 만난 지 겨우 하루 되는 남자를 응
시하고 있었다.

　'유세프…….'

　섬을 둘러싸고 있는 깊은 바다처럼 푸르른 벽안을 지닌
남자의 이름은 유세프. 짙은 갈색 머리를 가진 그는 세연과
같은 비행기를 탔던 탑승객 중 한 명이었다.

세연의 생명을 구해 준 은인이기도 한 그는 영국식 영어를 구사해 더욱 고급스러운 분위기를 풍겼다.

잘 관리된 몸매와 조각으로 빚어 놓았다고 해도 무색하지 않을 만큼 아름다운 얼굴 역시 귀족적인 느낌을 주어 만약 평소의 세연이었다면 쉬이 말을 걸기는 어려웠을 것이다.

그러나 현재 그녀가 처한 상황은 몹시 절박했다. 무인도나 다름없는 곳에 단둘밖에 남아 있지 않았던 터라 계속해서 그와 대화를 나눠야만 했다.

이제부터…… 어떻게 해야 하는 걸까.

그에게서 자초지종을 듣고 함께 섬을 돌아보았음에도 이렇다 할 해결책이 나오지 않았다.

유세프의 말대로 이 섬에는 그들 외의 사람이라곤 존재하지 않았으며 다른 곳과 연락을 취할 수단 역시 없었다.

식량으로 쓸 만한 것도 보이지 않아 어제 정신을 차린 직후부터 지금까지 쫄쫄 굶어야만 했던 세연은 말라 버린 목구멍 사이로 침만 삼키며 배를 붙잡고 있었다.

「세연.」

아까부터 커다란 나무 앞에 가서 의문스러운 행동을 이어 가고 있는 유세프를 의심스럽게 바라보던 세연은 활짝 웃으며 제게 다가온 유세프를 발견하고 눈을 치켜들었다.

그는 의아해하는 세연을 향해 손에 든 무언가를 스윽 내밀며 빙긋 웃었다.

「열매야.」

「……네?」

남자의 커다란 손에 앙증맞게 올라가 있는 정체불명의 빨간 열매를 내려다보던 세연의 얼굴이 굳어졌다. 그녀가 망설인다는 것을 직감했는지, 유세프는 말을 이었다.

「이건 왠지 먹을 수 있을 것 같더군. 당신, 지금까지 줄곧 아무것도 먹지 않았잖아.」

아.

'신경…… 쓰고 있었던 걸까.'

울컥거리는 감정이 치솟았다. 세연은 그 감정을 참기 위해 입술을 세게 악물었다.

「살아 줘서, 고마워.」

흐리게 웃으며 그녀를 향해 말하던 남자의 모습이 머리를 스친다. 진심으로 감사하다는 듯 세연의 손을 꼭 붙잡던 그의 온기가 생생하게 느껴졌다.

그 이후 지나칠 정도로 제게 관심을 가지는 것 같은 유세프였지만 그의 마음을 충분히 이해할 것 같아 세연은 지금까지 그와 함께 행동하고 있는 중이었다.

「고마……워요.」

입가에 옅은 미소를 짓던 세연은 고개를 끄덕이며 그의 손에 들려 있는 붉은 열매를 향해 손을 뻗었다. 이것의 정체가 무엇인지는 알 수 없었지만 유세프의 호의를 더 이상 묵과하긴 힘들었으니까.

세연은 자신이 열매를 집어 들자 눈을 빛내는 그를 흘끔거리며 잠시 망설였지만 이내 입안으로 그것을 털어 넣었다.

「어때?」

유세프가 매우 조심스럽게 세연에게 물었다. 맛이 괜찮냐는 의미였다. 한동안 말없이 입을 오물거리기만 하던 세연은 입안에 든 열매를 꿀꺽 삼키며 그를 직시했다.

「맛…….」

「맛?」

「맛있어요!」

세연은 환하게 웃으며 소리쳤다. 유세프의 굳었던 얼굴 역시 점점 활기를 되찾았다. 세연은 움직이기 힘들었던 몸을 일으키며 자리에서 일어났다.

「먹어도 될 것 같아요!」

「다행이군.」

그가 한숨을 푹 내쉬며 피식 웃음을 흘리자 세연은 외쳤다.

「유세프, 나 좀 도와줄래요? 앞으로 어떻게 될지 모르니 먹을 수 있는 만큼 다 따 두어야겠어요!」

「……얼마든지.」

세연 혼자 거두어들이기엔 열매가 맺혀 있는 위치가 너무 높았다. 세연은 웃고 있는 유세프를 재촉하며 그와 함께 나무로 향했다. 유세프는 세연이 제 어깨에 오를 수 있도록 몸을 숙여 주었다.

어린 시절, 아버지가 태워 주었던 목마가 아닌 외간 남자에게 올라타는 것은 처음이었기에 세연은 흠칫 놀라 주저했지만 곧 거리낌 없이 그의 어깨 위로 올라탔다. 유세프는 천천히 몸을 일으켜 세연이 열매를 따기 쉬운 곳으로 걸음을 옮겼다.

「당신의 이름을, 알고 싶어.」

하나둘씩, 두 사람의 허기진 배를 채우기 위한 열매를 따면서 세연은 얼굴을 굳혔다. 간절하게 들리던 유세프의 음성이 귓가에 맴돌았기 때문이다. 처음엔 과연 제 이름을 말해 줘야 할지 망설였다.

「……세연.」

그러나 머뭇거림은 길지 않았다. 그녀는 제 입술에 신경을 집중하고 있는 유세프를 바라보며 이름을 내뱉었다.

「셰욘?」
「아뇨, 세. 연.」

또박또박, 세연은 확실한 발음을 해 주며 유세프를 응시했다.

길은…… 하나뿐이었다.

절망적인 이 현실에서 자신의 이름을 불러 줄 수 있는 유일한 사람은 바로 유세프였다.

이 남자가 무엇을 하는 사람인지, 나이는 몇 살이고 국적은 어디인지 알 수 없었지만 자신을 구해 준 사람임에는 틀림없었다. 또 이곳에서 의지할 수 있는 유일한 사람이었기에 그를 믿기로 결심했다.

「세. 연.」

유세프는 그런 세연의 의도를 알아차렸는지 고개를 끄덕이며 그녀의 이름을 되뇌었다. 세연은 그가 제 이름을 익힐 때까지 기다렸다.

「특이한 이름이군. 일본인인가? 아님 중국?」

한참 동안 세연의 이름을 중얼거리던 유세프는 자신을 지켜보고 있던 세연에게 물음을 던졌다. 세연은 고개를 가로저으며 대답했다.

「둘 다 아니에요. 전 한국인이에요.」
「아아, 한국. 그러고 보니 그곳에서…… 출발을 했었지.」

그녀의 대답에 유세프는 쓴웃음을 흘리며 중얼거렸다.

두 손 가득 열매를 딴 채 그의 등에서 내려왔다. 유세프는 미리 봐 둔 곳으로 세연을 안내했고 그녀는 그의 뒤를 차분하게 따랐다.

쓸쓸한 바닷바람이 불어오는 작은 모래 언덕 위에 엉덩이를 붙인 세연은 들고 있던 열매를 와그작 베어 물며 유세프를 흘긋거렸다.

그림 속에서 튀어나온 듯한 아름다운 남자는 말없이 열매를 든 채 멍하니 바다를 응시하고 있었다. 얼굴과 몸 곳곳에 자잘한 상처가 나 있었지만 그의 미모를 숨길 수는 없었다.

꼭 무언가에 홀리는 것만 같아 입술을 잘근 깨물던 세연은 정면을 향하고 있던 유세프가 자신을 쳐다보고 있음을 알아차렸다. 그가 입꼬리를 슥 올리며 옅게 웃자 세연은 흠흠 헛기침을 뱉어 냈다.

「다, 당신은 어떻게 한국에서 비행기를 타게 된 거예요?」

통성명을 하긴 했으나 자세한 전후 사정을 묻지는 못했다. 그의 푸른 눈동자에 빨려 들어가는 정신을 애써 잡은 그녀는 말을 더듬으며 머릿속에 든 생각을 꺼냈다.

유세프가 잠시 놀란 듯 일렁이는 시선으로 세연을 쳐다보더니 피식 웃음을 흘렸다.

「한국엔 사업차 방문했었어. 일을 마무리 짓고 돌아가는 길이었지.」

「사업?」

「관광업에 종사 중이거든.」

세연은 아아, 낮은 탄식을 터뜨렸다. 유세프는 가만히 그녀를 직시하다 물었다.

「당신은?」

「여행을 떠나는 길이었어요.」

「여행? 여행……이라. 즐거운 단어지.」

그가 눈꼬리를 휘며 웃었다. 세연은 말없이 고개를 끄덕였다.

「안됐군. 그런 여행에서 이런 일을 당하다니.」

쓸쓸하게 읊조리는 그의 말이 가슴에 닿았다. 세연은 얼굴에서 미소를 거뒀다. 유세프는 뭔가를 곰곰이 생각하다 다시 질문했다.

「그런데 여자 혼자 여행이라니. 꽤 위험한 일 아닌가?」

「그렇긴 하죠. 하지만…… 가야 했어요.」

「이유를 물어도 되나?」

딱히 말을 하지 못할 이유는 없었다.

「실연 여행이었거든요.」

유세프의 벽안이 일렁였다. 크게 충격을 받은 모습이었다. 그 반응만으로도 왠지 위로를 받는 것 같은 기분이 들었다. 세연은 중얼거렸다.

「이루어지지 않는 사랑이라면 집착할 필요가 없다는 걸 이제야 알게 되어서 말이죠. 새롭게 시작하고 싶었어요.」

지훈의 얼굴이 뇌리를 스쳤다. 희우를 바라보던 그의 뜨거운 눈빛에 가슴이 저리던 제 모습도 선명하게 떠오른다.

지금쯤 그는 저를 걱정해 주고 있을까?

소식을 듣고 엉엉 울 희우의 모습이 눈에 선했다. 세연은 한숨을 내쉬었다.

「당신을 거절하다니. 여자 보는 눈이 없는 남자군.」

그때였다. 아래로 시선을 떨군 세연에게 유세프가 작게 속삭였다. 세연은 고개를 들어 그를 쳐다봤다. 유세프는 매력적인 미소를 지으며 그녀를 직시하고 있었다. 그가 붉은 입술을 달싹였다.

「내가 보기에 당신은 참 매력적인 여자인 것 같아서 말이야.」

위로의 말이 틀림없건만 가슴이 철렁 내려앉고 얼굴이 화끈 달아올랐다. 옷을 제대로 걸치고 있는 것도 아닌데 갑자기 샘솟는 열기로 인해 더워졌다.

세연은 넋을 놓고 유세프를 바라봤다. 그의 눈은 흔들리지 않았다. 오로지 그녀를 담은 채 말하고 있었다. 감정이라는 것이 이렇게 급변할 수 있는 것인지 세연은 처음 알았다.

그녀는 입술이 파르르 떨리는 걸 억지로 감추며 벌떡 자리에서 일어났다.

「호, 혹시…… 혹시라도! 우리 말고 다른 생존자가 있을지 몰라요! 화, 확인해 보고 올게요.」

그대로 그를 바라보고 있다간 심장이 멎을 것만 같았다. 이 자리를 벗어나야 한다는 생각에 아무 말이나 뱉어 냈다. 그리고 그런 세연의 손목을 유세프가 잡아챘다. 휘청거리는 그녀의 몸을 손을 뻗어 지탱한 그는 어느새 세연을 품에 안고선 말했다.

「가지 마.」

그의 얼굴에 어둠이 드리워졌다.

「이 넓은 섬엔 겨우 당신과 나 둘뿐인데…… 혼자가 되는
건, 원치 않아.」

「……!」

「당신마저 잃긴 싫어.」

＊　　　　＊　　　　＊

겨우 피워 놓은 모닥불이 생기를 잃어 갔다. 세연은 오전
에 미리 모아 둔 장작을 모닥불 속으로 던지며 꺼져 가는 불
꽃을 소생시켰다.

장작이 타들어 가는 소리를 내며 열기를 내뿜기 시작했다.
따뜻한 온기가 전해진다. 세연은 안도의 한숨을 내쉬었다.

사람이라곤 둘밖에 없는 외딴 섬의 새벽. 땅에서부터 전해
지는 으스스한 한기에 눈을 뜬 그녀는 불을 다시 피우며 정
면을 바라봤다.

속까지 훤히 들여다보일 정도로 환했던 푸른 바다는 어둠
에 잠식당한 듯 어두웠다. 한 치 앞이 보이지 않을 만큼 깜깜
한 바다가 마치 제 마음을 대신하고 있는 것 같아 눈시울이
붉어졌다.

아이러니한 일이었다. 이 모든 일이 전부.

단지 혼자 여행을 가고 싶었을 뿐인데, 비행기 사고를 당하고 낯선 이와 무인도 표류까지 하게 되다니. 불과 일주일 전만 하더라도 예상하지 못했던 일이기에 더욱 현실처럼 느껴지지 않았다.

우연히 발견한 붉은 열매로 우선 지독한 허기를 채우긴 했지만 앞으로의 일이 막막한 건 사실이었다.

살아…… 돌아갈 수 있을까? 나는 어떻게 되는 거지? 다들 내 소식을 전해 들었을까?

수많은 생각이 머릿속으로 들어찼다. 울렁거리는 속을 주체하지 못하고 어금니를 악물던 그녀는 제 옆에서 눈을 감고 있는 남자를 바라보기 위해 고개를 돌렸다.

유세프.

목숨을 구해 준 생명의 은인이자, 이 외딴 섬에서 그녀가 말을 붙일 수 있는 유일한 상대.

해진 옷을 입고 있지만 은연중에 고귀한 빛을 뿜어내는 그는 이런 외딴 섬과는 어울리지 않아 보였다. 헛웃음을 삼켰다.

"……!"

잠들어 있는 남자의 모습을 이렇게 가까이서 바라보기는 처음이었다. 묘한 느낌에 꽤 오랫동안 눈을 돌리지 못하던 그녀는 그의 감긴 눈에서 흘러내리는 촉촉한 물기를 발견하고 두 눈을 동그랗게 떴다.

남자는, 유세프는 흐느끼고 있었다. 세연은 적잖이 당황했다. 그에 대해 차갑고 냉정하며 차분한 인상을 받았었기에, 무척.

강인해 보이던 남자가 소리 없이 울고 있을 거라곤 예상하지 못했던 터라 세연의 심장은 미친 듯이 쿵쾅거렸다.

어떻게 해야 하지.

세연은 방황하던 손을 들어 올렸다. 기다란 손가락이 깊은 벽안을 가리고 있는 눈꺼풀 위로 닿았다. 따뜻한 물방울이 손끝으로 스며들었다.

세연은 안쓰러운 표정으로 그를 내려다보며 눈물을 닦아주었다. 유세프의 속눈썹이 파르르 떨렸다.

보기보다 여린 사람이었구나.

아무리 강한 사람이라도 그런 무시무시한 사고를 겪고 평상심을 유지하기는 힘들 것이다. 세연은 충분히 이해했다. 남자라고 해서 두려움을 느끼지 않을 리 없었다. 그의 마음에 공감하며 세연은 정성스레 유세프의 뺨을 쓸어내렸다.

「……세연.」

유세프의 감겨 있던 눈동자가 뜨인 것은 그 순간이었다. 세연은 자신의 이름을 나지막하게 부르며 눈꺼풀을 올리는 그의 반응에 화들짝 놀라 손을 거두어들이려 했다. 그러나 그전에 유세프가 먼저 그녀의 손목을 잡았다.

'아!'

검정색 눈동자와 푸른색 눈동자가 허공에서 조우했다. 강렬한 열기가 느껴져 세연은 숨을 크게 들이마셨다. 거칠어진 숨결이 느껴졌다. 눈앞이 하얗게 물드는 것만 같았다.

세연은 그의 손바닥이 닿은 곳을 시작으로 마비되는 부위가 점점 넓어지는 걸 인지했다.

유세프는 돌처럼 굳어 버린 세연을 향해 다가왔다. 그가 허리를 들어 몸을 일으키고 코앞에 얼굴을 들이밀 때까지 세연은 움직이지 못했다.

그녀의 시선이 향한 곳은 쉽게는 헤어 나오기 힘든 그의 깊은 눈동자. 그녀는 쿵쿵 뛰는 심장 소리를 자각하지 못한 채 멈춰 있었다.

「세연.」

감미로운 음성이 세연의 귓가에 닿았다. 그가 커다란 손으로 그녀의 발그레진 뺨을 감쌌다. 얼굴이 붉어진 이유가 모닥불의 열기 때문인지 아니면 체온이 뿜어내는 열기 때문인지 알 수는 없었지만 한 가지는 확실했다.

세연은 코앞까지 다가온 그를 막을 수 없었다.

"흡!"

도톰한 입술이 그녀의 입술을 덮었다. 숨이 막혔다. 짜릿한 전율도 느껴졌다. 세연은 제 머리를 감싸 쥐며 접촉을 시도하는 유세프의 입맞춤을 받아들이고 있었다.

키스는 자연스러웠다. 그녀의 입술을 쓸고, 살짝 열린 틈 사이로 들어온 붉은 혀가 치열을 핥는 것, 모두.

달콤한 체액이 벌어진 입술 사이로 넘어왔다. 뜨거운 열기가 입안 가득 전해졌다. 어지러웠다. 현기증이 일었다.

세연은 가빠지는 숨을 억지로 삼키며 미간을 좁혔다.

"하아."

야릇한 숨소리가 터져 나왔다. 흠칫 놀라 눈을 크게 뜬 세연은 몽롱해진 표정으로 자신을 바라보고 있는 유세프를 직시했다. 감각이 점점 무뎌지고 있었다.

모든 것을 넘겨받겠다는 듯 안을 헤집어 버리는 남자에게 세연은 정신없이 끌려가고 있었다.

"으흑!"

그는 매우 능숙했다. 키스를 퍼붓는 것도, 세연의 얼굴을 받치고 있는 손이 아닌 나머지 한 손으로 아슬아슬하게 몸만 가리고 있던 그녀의 상의를 벗기는 것까지.

덕분에 넋을 놓고 그에게 리드 당하던 세연이 탄성과 함께 이성을 되찾았다. 그녀는 자신의 셔츠 단추를 끄르려는 유세프의 손목을 잡고선 숨을 토해 냈다.

「이러면…… 안 돼요.」

혼란 속에 피어난 사고일 뿐이었다. 세연은 냉정을 유지하려 애썼다. 일시적인 현상에 흔들리면 안 된다.

제 손길을 거부하는 세연을 그는 이해하지 못하겠다는 눈으로 응시했다.

「여긴 당신과 나뿐이야.」

유혹적인 그 말에 혹할 뻔했지만 세연은 고개를 저었다.

「그래도 안 돼…….」

그녀는 유세프의 손을 뿌리치며 그의 가슴을 밀었다. 유세프가 힘없이 밀려났다. 쏴아아, 파도가 밀려오는 소리가 거세지고 있었다.

세연은 쿵쿵 뛰는 가슴의 박동을 안정시키기 위해 후우, 호흡을 골랐다. 유세프는 그런 그녀를 말없이 응시하다 말을 뱉어 냈다.

「그럼, 손이라도 잡게 해 줘.」

세연은 그를 쳐다봤다. 애원하듯 손을 내민 유세프가 속삭였다.

「온기를 느끼고 싶어.」

모래 위를 덮고 있던 그녀의 손을 유세프의 손이 뒤덮었다. 그의 온기가 맞닿은 부위에서 전해졌다. 어쩐지 속의 울렁거림이 멎지 않아 세연은 마음이 심란해졌다.

"헉!"

번쩍 눈을 떴을 땐 그의 품에 안겨 있었다. 왠지 모르게 따뜻하다고 생각하기는 했었지만 유세프가 제 몸을 덮고 있을 거라곤 상상하지 못했다. 얼른 그의 몸을 밀쳐 냈다.

"……!"

당황해서 저질러 버린 행동이라 멈칫하던 세연은 제 손길에 의해 낙엽처럼 나가떨어지는 유세프를 발견하곤 2차적으로 놀랐다. 그가 이렇게 쉽게 밀려날 줄은 생각 못 했기 때문이었다.

세연은 제가 밀쳐 버린 그가 반대편으로 몸을 돌리고 있는 것을 응시하다 미간을 좁혔다.

밤새도록 그와 손을 잡고 있다 아마도 잠결에 그의 품에 안겼던 모양이었다.

뒤늦게 정신을 차려 그를 밀치긴 했지만 유세프의 온기 덕분에 추위를 느끼진 않았다.

감사를 해도 모자랄 판에 세게 밀어 버렸으니 화를 낼 만도 한데 그는 꿈쩍도 하지 않았다.

뭔가, 이상했다.

「유……세프?」

미세하게 그의 전신이 떨리는 게 보였다. 헉헉, 숨소리가 거칠어진 것 같기도 했다. 알고 지낸 지는 겨우 며칠밖에 되지 않았지만 세연이 알고 있는 유세프와는 확연히 차이가 있는 모습이었다.

그녀는 벌떡 일어나 그를 향해 다가갔다.

'뜨거워!'

유세프의 이마에 손을 가져다 댄 세연은 불에 닿은 것처럼 화끈거리는 제 손을 떼어 냈다.

자세히 들여다보니 유세프의 입술은 파랗게 질려 있었고 얼굴은 백짓장처럼 하얗게 물들어 있었다.

세연은 불덩이 같은 그의 몸에 놀라며 소리쳤다.

「저, 정신 차려요. 유세프!」

「……..」

「유세프!」

뺨을 톡톡 때리며 그를 깨우려 노력했으나 소용이 없었다. 그는 이미 정신을 잃은 상태였다. 세연은 하아, 하아, 숨만 몰아쉬는 유세프를 안절부절못하며 내려다보았다.

'어쩌지?'

주위를 둘러보던 그녀는 모닥불 근처에 말려 둔 제 옷을 집어 들고는 유세프의 몸 위로 올려 주었다. 그가 입술을 파르르 떨며 더욱 몸을 웅크렸다. 심장이 터질 듯 뛰었다.

「견뎌요, 유세프! 금방 돌아올게요!」

세연은 낮게 소리친 후 등 뒤로 보이는 숲을 향해 내달렸다. 후들거리는 다리가 앞으로 나아가는 걸 방해하고 있었지만 그녀는 멈추지 않았다.

"하아, 하아!"

숲으로 뛰어들었던 세연이 돌아온 것은 그로부터 15분가량이 흘렀을 무렵이었다.

거칠게 숨을 내쉬며 유세프가 있는 곳으로 뛰어온 세연의 품엔 나뭇잎이 가득했다. 조금이라도 그에게 온기를 주기 위해 숲에 있는 나뭇잎을 뜯어 온 것이었다.

급하게 움직이느라 그녀의 팔과 다리에는 방금 생긴 것처럼 보이는 상처가 새겨져 있었다.

피가 흘러내리는 것도 눈치채지 못할 만큼 유세프에게 온 신경을 집중하고 있던 세연은 그렁그렁 눈물이 맺힌 눈동자를 그에게 고정시켰다.

'힘내요, 유세프……'

그녀는 들고 있던 나뭇잎을 그의 몸 곳곳에 덮어 주며 입술을 악물었다. 유세프는 여전히 몸을 떨고 있었기에 눈앞을 가리고 있던 물방울이 툭 떨어질 것 같았다. 그녀는 양팔을 벌려 그를 껴안으며 되뇌고 또 되뇌었다.

'여기서 죽지 마요, 제발!'

＊　　　＊　　　＊

「……연.」

지옥과 같은 시간이 이어졌다. 비행기가 추락할 때보다 더 무섭다면 과장된 표현일까. 그만큼 두려웠다. 만약 유세프가 살아남지 못한다면 이 섬에 남게 되는 사람은 저 하나뿐이니까.

그가 있으니 조금이라도 두려움을 덜 수 있다고 생각했다. 그랬기에 세연은 불안했다. 제 온기를 그가 부디 앗아 갔으면 좋겠다고 기도하며 유세프를 힘껏 껴안았다.

얼마쯤 지났을까.

그를 간병하다 지쳐 잠이 들었던 것이 틀림없다. 유세프를 지켜보아야 함에도 불구하고 스르륵 눈을 감았던 그녀는 어디선가 들려오는 나지막한 목소리에 번쩍 눈을 떴다.

「……연. 세연…….」

제 이름이었다. 세연은 몸을 일으켰다.

「유세프!」

잠들기 전까지만 하더라도 사시나무 떨듯 몸을 떨고 있던 유세프가 눈꺼풀을 올린 채 자신을 쳐다보고 있었다.

그의 파란 눈동자가 시야로 들어오자 세연은 입술을 세게 짓눌렀다.

울컥하는 감정이 치솟았다. 뜨거운 물방울이 후드득 떨어졌다. 세연은 흐리게 웃고 있는 남자의 얼굴을 감싸며 소리쳤다.

「당신이, 흑, 당신이 죽는 줄 알았어요!」

기쁨과 환희에 찬 외침이었다. 어깨를 들썩이며 흐느끼는 세연의 울음은 커져 갔다. 그녀는 엉엉 울면서 소리쳤다.

그녀의 가슴에 안긴 유세프가 힘없이 실소를 터뜨렸다. 파랗게 질렸던 그의 입술에 붉은 생기가 감도는 게 무척이나 안도된다.

세연은 적지 않은 시간 동안 유세프를 끌어안고 있다가 그를 놓아주었다.

세연의 행동을 예상하지 못했는지 유세프는 멋쩍은 미소를 짓더니 말라 버린 입술을 달싹였다.

「내 옆에…… 있어 준 거야?」

「……!」

「고마워, 세연.」

진심을 다해 그가 말했다. 가슴이 욱신거려 세연은 답하지 못했다. 유세프는 손을 들어 올려 세연의 뺨을 부드럽게 쓸어내리더니 곧 눈길을 아래로 내렸다.

「다친…… 건가?」

그녀는 유세프의 눈길이 향하는 자신의 왼쪽 팔을 응시했다.

그러고 보니 온몸이 따갑게 느껴졌다. 유세프를 간호하느라 자신의 몸에 생채기가 난 것도 모르고 있었던 모양이다.

세연은 얼른 팔을 뒤로 감추며 고개를 저으려 했다.

「괜찮아요, 이⋯⋯!」

그러나 그녀가 행동을 마치기 전 유세프가 몸을 일으켜 앉았다. 그는 허리 뒤로 감추려는 세연의 왼팔을 붙잡아 고개를 숙였다.

데일 듯 뜨거운 그의 입술이 그녀의 찢어진 피부 사이를 파고들었다.

「유, 유세프⋯⋯.」

세연의 상처를 향해 정성스레 키스하는 남자의 갈색 머리카락이 흔들렸다. 심장이 와르르 무너져 내리는 것만 같았다. 눈앞이 캄캄해져 세연은 눈꺼풀을 내렸다.

그 순간 유세프의 차가운 손이 그녀의 옆얼굴을 감싸 쥐었다. 세연은 눈을 떴다. 코앞까지 다가온 유세프의 입술이 시야로 들어왔다.

아⋯⋯!

그녀는 막지 못했다.

막을 수가 없었다.

유세프의 따뜻한 입술의 온기가 제 입술을 뒤덮었다.

세연은 그에게 빨려 들어갔다.

정신없이.

강렬하게.

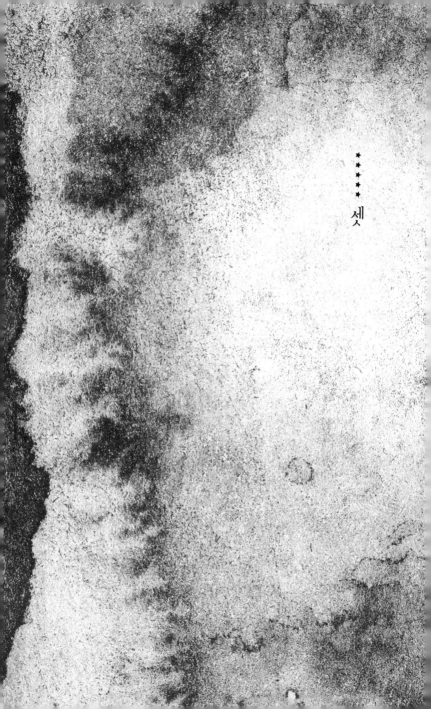

★ ★ ★ ★
셋

"훗!"

흠뻑 젖어 버린 은밀한 곳 안으로 곧게 솟은 남자의 중심이 침범해 왔다.

살을 찢는 고통에 세연은 입술을 악물었다. 눈물이 차올라 그녀는 인상을 썼다.

흐으윽, 야릇하고도 간드러진 신음이 세연에게서 터져 나왔다. 그녀는 커다란 손으로 자신의 배를 감싸고 조금씩 반동을 시작하는 그의 몸짓에 숨이 막히는 걸 느꼈다.

「세연.」

멈춰 버린 시간 속에서 세연에게 각인이라도 시키듯 그가 낮게 그녀의 이름을 불렀다.

심장이 터질 듯 뛰어 무심코 감아 버린 눈을 떴다. 자신을 똑바로 안아 든 그가 푸르게 일렁이는 눈을 고정시키고 있었다. 호흡이 가빠졌다.

「날 봐.」

붉은 입술. 그녀의 도톰한 입술을 머금고 핥아 녹아내리게 만든 그의 입술이 세연에게 속삭이고 있었다. 흔들거리는 동공을 바로잡으려 애쓰면서 세연은 그를 쳐다봤다.

유세프의 기다란 손가락이 이마에 송골송골 맺힌 땀방울로 인해 흠뻑 젖은 머리카락에 닿았다. 세연은 부르르 떨었다. 자신의 안에 들어와 있는 그의 남성이 팽창하는 게 느껴졌다.

「아파?」

「……네. 흐읍!」

질퍽거리는 소리가 귓가에 맴돌았다. 살과 살이 부딪히며 발생하는 야릇한 소리였다.

세연은 대답을 하자마자 더욱 깊숙이 들어오는 유세프의 남성을 받아들이며 그에게 몸을 쏟았다. 유세프는 힘없이 제게 달려드는 세연의 등을 부드럽게 감싸 안으며 그녀의 안을 휘저었다.

"핫, 흐윽, 으읏!"

그의 페니스가 단단해졌다. 찌릿한 전율이 전신을 타고 흘렀다. 아무 생각도 들지 않았다. 유세프의 푸른 눈동자가 더는 생각하지 말라고 유혹하고 있었다.

세연은 취해 갔다. 그녀를 파고드는 유세프의 페니스가 굵어질수록 머릿속이 하얗게 비어 갔다.

한동안 세연을 옥죄던 두려움이 사라져 갔다. 더 이상 두렵지 않았다. 그가 있었다. 세연의 곁에는 유세프라는 이름을 지닌 벽안의 남자가 함께 있었다.

홀로 남겨졌다는 절망감은 그의 품속에서 사라져 갔다. 세연은 가쁜 숨을 뱉어 냈다. 덜덜 떨리던 몸에 온기가 퍼져 갔다.

✳ ✳ ✳

'아.'

눈을 뜨자 따뜻한 숨결이 느껴졌다. 세연은 그가 깨지 않게 살짝 고개를 돌렸다. 유세프가 어린아이처럼 두 눈을 감은 채 잠을 청하고 있었다.

그녀의 눈동자가 거세게 일렁였다. 혼란과 욕망이 뒤섞인 그 얼굴은 지금껏 세연이 단 한 번도 지어 본 적 없는 표정이었다.

그녀는 말없이 색색 숨을 뱉어 내고 있는 유세프를 쳐다
봤다.

'난······.'

그의 입술이 제 입술을 뒤덮었을 땐 머릿속이 텅 비어 버
리는 것 같았다. 첫 키스였다. 적어도 성인이 된 후로는 처음
이었던.

세연은 퉁퉁 부어 버린 자신의 입술을 손가락으로 쓸었다.
검지가 훑고 지나간 부위가 타들어 갈 듯 아파 왔다. 세연은
그의 키스를 거부하지 못한 스스로를 이해할 수가 없었다.

'나는······.'

충동, 이었을까? 아니면 욕구? 절망에서 빠져나오기 위한
현실 도피?

이유가 어찌 되었든 유세프의 키스에 응하고, 그에게 몸을
내어 줬던 사람이 바로 자신이라는 사실은 변하지 않는다.

세연은 어금니를 악물었다. 홀려 버린 느낌이었다. 그가
뿜어내는 강렬한 분위기에 끌려 정신없이 빠져들었다.

마치 늪과도 같은 유세프에게 세연은 모든 것을 주어 버
렸다.

'이렇게······ 헤픈 여자였나, 나는.'

쓴웃음이 흘러나왔다. 따지고 보면 유세프라는 남자를 알
게 된 건 고작 이틀.

그가 자신을 데리고 표류하며 이 섬까지 떠내려 온 시간까지 포함한다 해도 일주일을 넘지 않는다. 세연은 자조 섞인 숨을 뱉어 냈다.

몇 년이나 좋아했던 남자에게 좋아한다는 말 한마디 하지 못했던 여자인 자신이, 만난 지 일주일도 안 되는 남자와 관계를 했다는 것은 무척이나 충격적인 일이었다.

세연은 아랫입술을 잘근 깨물었다.

유세프.

그에 대해 알고 있는 것은 그가 매우 아름다운 벽안을 지녔다는 사실과 그 푸른 눈동자와 잘 어울리는 짙은 갈색의 머리카락을 지녔다는 것, 관광업에 종사하고 있는 외국인이라는 것, 두바이에 회사가 있다는 것, 한국에 사업차 들렀다가 돌아가는 길에 사고가 났다는 것.

그리고 강인해 보이는 모습 뒤로 여린 감성을 숨기고 있다는 것, 뿐이었다.

물론 그가 세연을 죽음의 위기에서 구해 준 생명의 은인일지라도 이런 충동적인 일이 일어나리라고는 예상하지 못했다.

하아, 하아.

그가 흘리는 나지막한 숨소리가 마치 자장가처럼 들려왔다. 칠흑 같은 어둠 속에서 세연은 그의 품에 안겼었다. 저

멀리 수평선 너머로 붉은 해가 서서히 고개를 내밀고 있었다.

세연은 더는 생각하지 않고 현재에 충실하기로 했다. 눈꺼풀을 내렸다. 그리고 그의 따뜻한 가슴에 얼굴을 기대어 숨을 내쉬었다.

그런 그녀를 유세프가 세게 끌어안았다. 두 사람은 그렇게 하나가 되어 갔다.

완벽히 동이 틀 때까지. 오랫동안.

＊　　　＊　　　＊

"하윽!"

그의 차가운 손이 그녀의 봉긋한 가슴을 감싸 쥐었다. 세연은 교태로운 숨을 토해 냈다. 기다란 손가락이 살짝 솟아 있는 유두를 건드렸다.

간드러진 탄성을 흘리며 세연은 입술을 악물었다. 유세프가 돌기를 지분거렸다.

"으읏, 흐으윽……!"

자극당한다. 그의 손길이 닿는 순간, 느껴 버리는 스스로를 도무지 막을 수가 없었다. 세연은 미간을 좁혔다. 온몸이 부들부들 떨렸다.

유세프가 입을 벌려 그녀의 과실을 크게 담았다. 뜨거운 혀끝이 유륜 근처로 원을 그리자 세연은 몸을 비틀었다. 솟은 돌기로부터 시작되어 전기가 통하는 것 같았다.

세연은 끅끅거렸다. 유세프의 목을 감싸고 있는 팔에 힘이 들어갔다.

「처음일 거라고…… 생각하지 못했어.」

처음 관계를 맺었던 날, 잠에서 깬 자신을 말없이 응시하는 유세프가 보였다. 그는 복잡한 얼굴을 하고 있었다.

왜 그런 표정을 짓느냐고 물어보는 세연을 보며 주저하던 그는 어렵게 말을 꺼냈다. 그가 잠든 사이 세연이 했던 고민을 유세프가 이어 하고 있는 것을 보며 왠지 웃음이 새어 나왔다.

유세프는 빙긋 웃는 세연을 놀란 듯 쳐다봤다.

「괜찮아요.」
「세연.」
「괜찮아요, 정말.」

그와 있으면 더는 무섭지 않았다. 세연은 그걸로 됐다고

77

생각했다. 이 감정이 무엇인지 정의 내릴 수 없다는 걸 잘 알고 있었으니까. 현재 그녀는 공황에 빠진 상태였고 그로 인해 정상적인 사고가 불가능했다.

그런데도 한 가지 확실한 것은 유세프와 몸을 섞는 행위가 결코 싫지만은 않았다는 점이다. 그것이 설령 충동에 의한 것이든 아니든, 유세프와 함께하는 그 시간 동안은 마음이 편안했다. 안정을 찾았다.

세연은 얼굴을 굳힌 채 저를 응시하고 있는 유세프를 올려다보았다.

「안아 줘요.」

「…….」

「어서.」

그녀의 흐릿한 미소에 유세프의 굳어진 얼굴이 점점 펴졌다. 그는 살며시 고개를 끄덕이며 세연의 머리를 쓸었다. 유세프의 입술이 닿는 부위가 데인 것처럼 뜨거웠다.

✳   ✳   ✳

강한 열기를 뿜는 태양이 보인다. 언제부터였을까, 태양을 멍하니 바라보기 시작한 것은. 살아 있다는 것을 온몸으로 느낄 수 있어 좋았다. 세연은 눈부신 빛을 뿜어내는 하늘을 올려다보다 고개를 돌렸다.

그가 보였다. 태양만큼이나 찬란한 빛을 머금고 있는 남자가.

'…….'

며칠이나 흘렀는지 짐작하지 못하겠다. 유세프가 열병에 앓았던 그날 이후 세연과 그는 한자리에서 떠날 줄 모르고 줄곧 누워 있었다.

간혹 허기진 배를 채우기 위해 예의 빨간 열매를 따려 움직였지만 그 외의 시간은 항상 같은 자리에서 서로만 빤히 응시하고 있었다.

시간은 느리게 흘러가는 것 같았다.

뭔가에 홀린 것처럼 그의 입술에 제 입술을 가져다 대고 야릇하게 핥으며 물어뜯었다.

그러면 유세프는 빙긋 웃거나 때론 미간을 찌푸리거나 입술을 파르르 떨며 반응을 보였다.

눈앞이 하얗게 물들었다. 억겁의 시간이 흐르는 세상 속에서 오직 유세프만 응시하고 있었다. 멋대로 가슴이 뛰고 숨이 막혔다. 그의 입술이 제 과실을 머금으면 전율이 흘러 참을 수가 없었다.

몸이 녹아내리는 것 같았지만 두 사람은 결코 멈추지 않았다.

살과 살이 섞이면 섞일수록 따뜻해졌으니까. 혼자가 아니라는 게 실감이 났으니까. 살아 있다는 걸 감사하게 여길 수 있었으니까. 이 절망을…… 잊을 수 있었으니까.

「이렇게…….」

품 안에서 이젠 익숙해질 대로 익숙해진 유세프의 체취를 느끼며 눈을 깜빡이던 세연의 귀로 보드랍기 그지없는 음성이 들려왔다.

세연은 눈에 힘을 줬다. 유세프가 기다란 손가락을 뻗어 그녀의 흐트러진 머리카락을 정돈해 주었다.

「이렇게 정신없이…… 누군가를 탐한 적은 처음이야.」

유세프의 입꼬리가 살짝 올라갔다. 세연은 덩달아 웃었다. 자신도 그렇다고 말해 주고 싶었지만 어쩐지 입술이 열리질 않았다.

그녀는 대답 대신 자신의 심장 소리를 들려 주었다. 두근두근, 제멋대로 뛰는 세연의 심장이 귓가에 닿자 유세프는 눈꼬리를 휘었다.

「하지만 우린 이대로…… 끝인 걸까.」

바보처럼 서로를 응시하며 미소만 주고받던 분위기를 깨뜨려 버린 것 역시 유세프였다. 현실을 잊으려 무던히 애쓰던 세연은 그녀의 머리카락을 검지로 쓸고 있던 유세프의 중얼거림에 정신이 번쩍 들었다.

와장창—!

아슬아슬하게 유지되어 오던 유리 바닥이 무너져 내렸다. 한없이 깊은 땅 밑으로 추락했다. 세연은 불현듯 다가온 현실의 벽에 잊고 지내던 두려움이 물밀듯 밀려오는 걸 느꼈다.

「세연?」

유세프가 바들바들 몸을 떨기 시작하는 세연을 의아하게 쳐다봤다. 그는 혹 그녀가 추위를 느끼나 싶어 있는 힘껏 껴안으려 했지만 세연이 고개를 내젓자 행동을 멈췄다.

세연은 입술을 잘근 깨물며 그를 쳐다보다 길게 한숨을 뱉어 냈다.

더 이상…… 현실에서 벗어나는 건 불가능했다.

정신없이 살을 섞고 사람의 체취를 느끼고 사고회로를 마비시키려 해도 두 사람이 낯선 무인도에 떨어졌다는 사실을 피할 수는 없었다.

세연은 질끈 감아 버렸던 눈을 서서히 떴다. 이렇게 있을 수는 없는 노릇이다. 그에게 안겨 있는 동안은 분명 마음이 편안했고 다른 생각은 하지 않아도 되었지만 이러다 굶어 죽을 수도 있었다.

그들의 유일한 식량이었던 붉은 열매가 거의 바닥나고 있는 상태였다. 여전히 그들을 구조하기 위해 누군가 노력을 하고 있을지도 모르는 지금 이 상황에서 세연은 결단을 내리기로 했다.

「유세프, 일어나요.」

유세프가 기력을 회복할 때까지만 곁을 지키기로 생각했었던 세연은 그의 몸이 조금씩 돌아오는 걸 느끼고 있었다.

불덩이 같았던 그의 몸은 세연의 열기와 차가운 모랫바닥의 한기로 적절한 조화를 이루고 있었다.

관계를 할 때도 거침없이 그녀의 여성 안을 비집고 들어오는 그였으니 움직이는 데 무리는 없을 것이다. 유세프는 굳은 얼굴로 그의 품에서 빠져나가는 세연을 놀란 시선으로 응시했다.

「세연?」

세연은 주변에 널브러진 자신의 겉옷을 주섬주섬 챙겨 들었다. 모래가 잔뜩 묻어 있는 옷들을 순식간에 입는 세연을 유세프가 멍하니 응시했다. 그녀는 마지막 단추까지 잠근 뒤 어리둥절해하는 유세프를 향해 손을 내밀었다.

「살길을 찾아야죠!」

「살길?」

「당신이 그랬잖아요. 숲 한가운데 계곡이 있다고. 거기서 생선을 잡을 수 있을 거예요.」

「아.」

「그러니 일어나요, 유세프. 어서!」

세연은 오른손을 휘휘 저으며 그를 재촉했다. 중요 부위만
천으로 가린 상태였던 유세프는 웬일인지 머뭇거리고 있었
다. 세연은 주저하는 그를 이해하지 못하겠다는 시선으로 쳐
다봤다.

「왜 그러고 있어요?」

그러자 민망한 듯 머리를 긁적이던 벽안의 외국인이 나지
막한 음성을 흘렸다.

「직접 그런 걸…… 해 본 적이 없어.」

뭐?

순간 멍해졌다. 세연은 무슨 소리를 들었나 싶어 인상을
쓰다 눈을 크게 떴다. '그런 거'라니? 생선을 잡는 행위를
말하는 건가?

풋, 웃음이 터져 나올 것 같아 세연은 얼른 고개를 돌렸
다. 유세프가 '웃지 마' 하고 작게 속삭였다.

그녀는 짓궂은 표정을 지으며 유세프를 응시했다. 그의 붉
어진 얼굴이 시야로 들어왔다.

「유세프.」

「왜.」

「당신, 귀하게 자랐나 봐요?」

낚시 한 번 해 본 적이 없다는 소리에 그런 생각이 들었다. 낚시를 한 번도 해 보지 않았다는 사실보다 '내가 직접'이라는 문구가 우스웠다.

유세프는 대답하지 않았다.

어렴풋이 눈앞에 지훈의 모습이 스쳤지만 세연은 곧 그의 얼굴을 떨쳐 내려 애썼다.

「날 믿어 봐요.」

세연 역시 낚시에 대한 경험은 많지 않았다. 그러나 처음 아버지를 따라 갔을 때 대어를 낚은 적이 있을 만큼 운이 좋은 편이었다. 이번에도 부디 그 운이 이어지길 바라야지.

세연은 빙긋 웃으며 그를 응시했다. 유세프는 망설이다 그녀의 손을 맞잡았다. 그녀는 끙 소리를 내며 그를 일으켰다. 몸을 비틀거리자 얼른 허리를 잡아 바로 세워 준 세연에게 그가 물었다.

「뭘 하려고?」

세연은 의문을 품고 있는 유세프에게 대답했다.

「누군가는 해야 할 일을 할 거예요.」

＊　　　＊　　　＊

「저기!」

「여기요?」

「그래, 거기!」

차륵!

「아아. 도망갔어.」

'……제길.'

「세연! 저기! 저기 또 있어!」

「어디요?」

「당신 왼쪽 발 옆에!」

「여기요?」

샥!

「또…… 놓쳤는데? 큭큭.」

때리는 시어머니보다 말리는 시누이가 더 밉다는 말이 있다. 지금 유세프를 바라보는 세연의 심정이 딱 그러했다.

나뭇가지를 뜯어 돌로 끝부분을 날카롭게 만든 후 계곡 안으로 들어간 세연은 바위 위에 앉아 생선의 위치를 살피는 유세프의 조언에 따라 열심히 바닥을 내리찧고 있었다.

그러나 계곡 물에 발을 담근 지 30분이 흘렀음에도 불구하고 나무 작살 끝부분엔 생선 한 마리 걸리지 않았다.

점점 화가 치밀어 오르는 걸 겨우 제어하고 있는 세연의 마음 따윈 알 리 없는 유세프는 바위에 앉아 어깨를 들썩이며 웃고 있었다.

세연은 결국 머리 뚜껑이 열리는 걸 막지 못했다.

「그렇게 웃지만 말고 유세프도 도와줘요!」

그녀는 들고 있던 나무 작살을 그에게 날릴 기세로 크게
외쳤다.

계곡 물이 곳곳에 튀어 젖은 머리카락을 뒤로 넘기던 세
연의 외침에 유세프는 눈을 크게 떴다.

「내가?」

「왜요, 자신 없어요?」

흥, 콧방귀를 뀌며 세연이 입꼬리를 올리자 유세프는 멈칫
했다. 그는 매우 망설이다 조용히 중얼거렸다.

「말했잖아. 수렵 활동은⋯⋯ 해 본 적이 없어.」

고급스러운 단어를 사용하는 유세프의 낯빛이 흐려졌다.
세연은 입을 쭉 내밀며 물었다.

「대체 얼마나 고귀하게 자란 거예요? 저도 딱히 낚시에 자
신 있는 건 아니라고요.」

「아⋯⋯.」

「내려와 봐요! 모르는 건 배우면 되니까.」

「⋯⋯.」

「어서요!」

그는 재촉하는 세연이 더욱 화내기 전에 일어나 쭈뼛쭈뼛

그녀에게 다가갔다.

「윽!」

세연은 유세프가 제 앞에 서자마자 들고 있던 나무 작살을 넘겼다. 갑작스러운 행동에 유세프가 뒤로 물러나며 그것을 받아 들었다.

세연은 어쩔 줄 몰라 하는 그의 손목을 덥석 잡고는 계곡을 향해 몸을 돌렸다.

「세, 세연!」

「괜찮아요. 할 수 있어요, 당신은!」

그녀는 확신에 찬 음성을 뱉어 냈다.

어쩌면 파워의 차이일지도 모른다. 자꾸만 요리조리 그녀의 작살을 피해 가는 생선을 잡지 못하는 것은. 유세프의 힘과 정교함이라면 가능할지도 몰랐다.

세연은 당황해하는 그를 물 안까지 데리고 들어왔다. 유세프는 몹시 당황한 얼굴을 하고 세연을 쳐다보고 있었다.

「내가 할 수 있다고 해 놓고, 당신한테 넘겨서 미안해요. 하지만 왠지 당신이라면 할 수 있을 것 같다는 느낌이 왔어요.」

정말 솔직히 말하자면 유세프도 그녀의 고생을 알아주길 바라는 마음이 섞여 있기는 했다. 그러나 세연은 그런 생각까지 드러내진 않기로 했다. 유세프의 푸른 눈동자가 크게 일렁였다.

「유세프.」

「응.」

「해 줄 수…… 있죠?」

이럴 땐 가끔 미인계가 필요하다. 세연은 초롱초롱 눈을 빛내며 그를 올려다보았다.

유세프의 벽안이 파도처럼 요동치고 있었다. 그의 심장이 쿵쿵 뛰는 소리가 그녀의 귀에까지 닿았다.

세연의 입꼬리가 스윽 올라갔다. 그가 미끼를 문 것을 확신했다.

「세연!」

바로 그때, 유세프가 힘없이 들고 있던 나무 작살을 세게 움켜쥐는 게 보였다. 그리고는 그녀의 이름을 크게 부른다. 세연이 쳐다보자 유세프가 외쳤다.

「해 보지!」

「……!」

「라쉬드의 명예를 걸고, 반드시!」

라쉬드?

그의 눈동자가 이글이글 불탔다. 세연은 주먹을 불끈 쥐며 성큼성큼 깊은 곳으로 걸어가는 유세프의 등을 직시했다.

익숙하게 느껴지는 단어를 들은 것 같았지만 온 신경을

물밑에 집중하고 있는 그에게 더는 물을 수 없었다.

'너무⋯⋯했나?'

단지 그에게 나무 작살로 생선을 잡는 행위가 얼마나 힘든지 알려 주고 싶었다. 덤으로 남자와 여자의 팔 힘에 따른 채집 이론을 증명하고 싶었을 뿐.

그런데 '명예'라는 단어까지 운운하며 힘차게 계곡 바닥을 내리찢고 있는 유세프의 모습을 보자니 왠지 안쓰러워졌다.

세연은 챠르륵, 소리를 내며 물을 가르는 유세프의 나무 작살을 가만히 쳐다보았다.

「세, 세연!」

그쯤이었을까.

모든 시선을 아래로 내린 유세프가 무려 15분 동안이나 계곡을 헤매고 있는 것을 지켜보던 세연이 그에게 말을 걸려는 순간, 힘껏 나무 작살을 아래로 내리던 유세프가 휙 고개를 돌려 세연을 불렀다.

샥!

「이거 봐! 보라고, 세연!」

어?

「내가⋯⋯ 내가 잡았어!」

그는 태양보다 환하게 웃으며 나무 작살을 하늘 위로 들어 올렸다. 세연의 눈동자가 나무 작살 끝으로 향했다. 그리고 그녀는 발견했다.

생각했던 것보단 작지만 분명 그 나무 작살에 꽂혀 있는 건 생선이었다. 세연이 30분이나 애썼지만 단 한 마리도 잡을 수 없었던, 바로 그 생선!

「유, 유세프!」

겨우 손바닥만 한 크기였지만 생선은 생선이다. 세연은 입이 멋대로 찢어지는 걸 느꼈다.

그녀는 하얀 이를 드러내며 웃었다. 그리고 하하 웃는 유세프를 향해 달려갔다.

「유세…… 악!」

기쁨과 환희에 젖어 그에게로 다가가던 세연이 돌에 걸려 앞으로 넘어진 것도 순간적으로 발생한 일이었다. 세연은 단말마의 비명을 지르며 고꾸라졌다.

'세연!' 하고 유세프가 계곡 바닥에 무릎을 찧은 자신을 발견하며 달려오는 모습이 보였다. 그녀는 얼얼한 무릎 통증에도 억지로 몸을 일으켰다.

「세연, 괜찮아?」

「아…… 괘, 괜찮아요.」

「상처 난 거 아냐?」

「괜찮아요. 그것보다 잘했어요, 유세프!」

그녀는 아무것도 아니라며 손을 내젓고 그에게 밝은 미소를 지어 보였다.

난데없는 세연의 부상에 얼굴을 굳힌 유세프는 들고 있던 나무 작살을 육지로 내던지더니 그녀의 허리를 잡았다.

「유, 유세프?」

방심한 사이 그에게 들려진 세연은 공중으로 뜬 다리를 바둥거리며 그의 이름을 불렀다. 유세프의 시선은 그녀의 무릎에 박혀 있었다.

「피가 나는군.」

그는 심각한 얼굴을 하며 그녀를 제 어깨에 둘러멨다.

「내, 내려줘요, 유세프!」

「……」

「전 괜찮다니……」

「조용. 가만히 있어.」

세연은 화가 난 듯 으르렁거리는 그의 말에 입을 다물었다. 유세프는 한숨을 푹 내쉬며 물 밖으로 걸어 나왔다. 세연은 숨조차 쉬지 못하고 그의 어깨에 몸을 맡기고 있었다.

터벅터벅. 조금 전까지 앉아 있던 커다란 바위에 도착한 유세프는 아주 조심스레 세연을 내려 주었다.

「고……마워요.」

얼굴이 화끈 달아올라 세연은 기어 들어가는 목소리로 말했다. 유세프가 그런 그녀를 올려다보았다.

「피가, 계속 흐르고 있어.」

「다, 닦으면 돼요.」

「도와줄게.」

「네? 그게 무…… 흡!」

세연은 무슨 말인지 묻기도 전에 자신의 무릎 위로 입술을 맞추는 유세프의 행동에 크게 숨을 들이켰다.

'아아.'

그는 지혈을 핑계 대며 그녀의 무릎에 길고 긴 입맞춤을 시작했다. 흘러내린 피를 모조리 빨아들이겠다는 듯 흡입하는 유세프로 인해 입술이 파르르 떨렸다.

'안…… 돼……!'

세연은 그의 혀끝이 닿자마자 느끼기 시작하는 몸의 반응을 제어하려 애썼으나 그의 뜨거운 입술이 훑고 지나가는 부위가 간지러워 미칠 지경이었다. 두 주먹을 세게 쥐고, 눈까지 꼭 감았지만 쉽지 않았다.

세연은 인상을 쓰며 고개를 들었다.

「세연…….」

그녀의 무릎에 얼굴을 파묻고 있던 유세프가 나지막한 음성을 흘렸다.

세연은 눈꺼풀을 떨며 그를 쳐다봤다. 그녀가 느끼는 것처럼, 유세프 역시 뭔가를 감지한 모양이었다.

세연은 입술을 세게 짓눌렀다.

동의의…… 표시였다.

이윽고 그의 혀가 그녀의 허벅지 근처로 다가왔다.

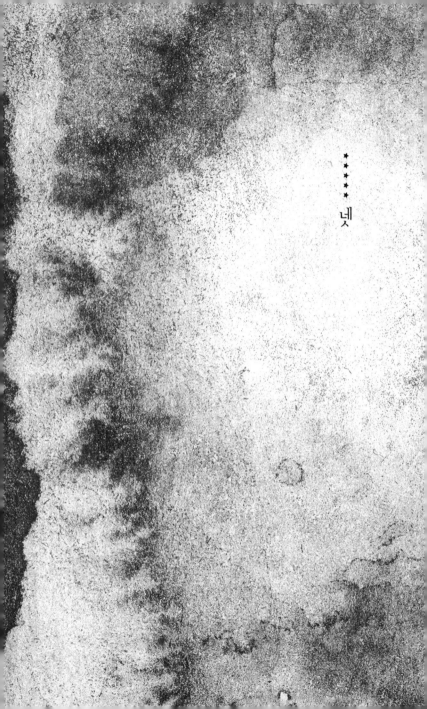

★★★★★
넷

"읏!"

무릎에서 시작된 혈흔이 허벅지 안으로 이어지고 있었다. 세연은 막을 틈도 없이 다가온 그의 보드라운 혀로 인해 야릇한 신음을 흘렸다. 반사적인 행동이었다. 스스로는 도저히 제어가 불가능한.

세연은 자신의 은밀한 살결까지 핥는 유세프의 과감한 행동에 심장이 미친 듯이 뛰는 것을 느꼈다.

「유……세프!」

거칠어진 호흡.

그의 이름을 부르는 것이 쉽지 않아 세연은 입술을 파르르 떨었다. 자꾸만 감기려는 눈꺼풀에 억지로 힘을 주며 그를 쳐다봤다. 유세프는 여전히 세연의 허벅지 속을 파고들었다.

지혈을 한답시고 다리를 가리고 있던 옷을 이미 벗어 둔 상황에서 팬티라고 부르기도 뭐한 천 쪼가리가 세연의 비밀스러운 곳을 가리고 있었다.

그녀는 얼굴이 새빨갛게 물드는 걸 막지 못한 채 유세프를 응시했다. 유세프는 보물이라도 다루듯 세연의 다친 다리를 자신의 어깨 위로 올려 두고 팔을 뻗어 세연의 허리를 지탱했다.

"하앗!"

세연은 자연스럽게 커다란 돌 위에 등을 대었다. 유세프는 세연이 안전하게 바위에 착지한 것을 확인하곤 더욱 과감하게 허벅지 안을 쓸었다.

"으웃, 훗!"

그의 입술이 지나간 부위가 뜨거웠다. 무릎의 상처 따윈 모조리 잊어 버릴 만큼. 세연은 하늘을 향해 두 다리를 벌린 채 그녀의 은밀한 곳을 가리고 있던 천 쪼가리를 벗겨 버리는 그의 행동에 온몸을 부르르 떨었다.

벗어날 수 없다.

피해 갈 수…… 없다.

세연은 이곳이 바위 위라는 것도 망각할 만큼 서서히 그에게 물드는 자신을 발견했다. 유세프는 흔들리는 세연의 갈색 눈동자를 내려다보았다. 그 푸른 눈동자에 삼켜질 것만 같아 세연은 눈을 제대로 감을 수 없었다.

"흐읍, 하악!"

군데군데 상처가 난 세연의 다리를 지나 허벅지로, 그리고 은밀한 곳에 닿은 유세프의 붉은 혀가 세연의 여성 입구 쪽의 돌기를 건드렸다. 세연은 간드러진 교성을 뱉어 내며 입술을 악물었다.

이미 신음을 흘려 버린 데다 거칠어진 호흡은 전율을 느끼고 있는 세연의 모습을 단적으로 알 수 있게 했다.

유세프는 멈추지 않았다. 세연이 서서히 동화되어 가고 있다는 것을 자각하였는지 촉촉이 젖은 그녀의 여성에 입을 맞추었다.

투명한 애액이 세연의 비밀스러운 부위에서 흘러나왔다. 유세프는 모두 다 쓸며 그녀를 휘저었다.

「유……흐읏, 유세프! 유세프!」

세연의 다급한 외침이 커져 갔다.

그의 입술이 그녀의 클리토리스를 건드리고, 여성 안을 비집고 들어올 때마다 눈앞이 흐려졌다. 아찔해져 견디지 못하겠다. 한계점에 다다랐다.

세연은 몸을 비틀며 유세프의 이름을 간절히 불렀다. 그녀의 두 다리를 잡은 채 한참이나 세연을 농락하던 유세프가 고개를 들었다.

「세연.」

유세프는 침착했다. 그의 얄미운 붉은 입술이 탐스럽게 번들거렸다. 세연은 미간을 찌푸렸다.

「……서!」

「뭐라고?」

「어서요, 어서!」

터져 버릴 듯 달아오른 몸을 가라앉히고 싶었다. 세연은 젖어 든 여성을 그에게 비추기 위해 다리를 양옆으로 크게 벌렸다.

유세프의 벽안이 흔들렸다. 한쪽 무릎이 욱신거렸지만 그보다 더 그를 원하고 있었기에 그녀는 소리쳤다.

「날…… 하아, 날 채워 줘요!」

그를 원한다. 세연은 그와 하나가 되길 원하고 있었다. 그 어느 순간보다 간절하게, 절실하게 그를 바라고 있었다.

유세프는 풀려 버린 눈으로 그를 향해 외치는 세연을 놀란 듯 응시하다 이내 고개를 끄덕였다.

그는 제 하체를 가리고 있던 천을 순식간에 풀어 헤친 뒤 그녀에게 다가왔다.

'아아!'

그의 튼실하고 굵은 남성이 불끈거리는 게 보였다. 세연은
밖으로 뱉어 내지 못할 신음을 삼켰다.

그녀를 향해 곧게 서 있는 남성은 언제라도 세연의 안을
휘저을 듯 위용을 뽐내고 있었다.

세연은 무의식적으로 꿀꺽 침을 삼켰다. 저도 모르게 아랫
배에 힘이 들어갔다. 준비를 마치고 세연의 코앞까지 다가온
유세프는 그녀의 여성 속을 파고들기 위해 가까이 섰다.

「세연.」

그가 이름을 불렀다. 세연은 똑똑히 들었다. 그의 입술에
서 흘러나오는 제 이름은 듣기가 좋다. 마치 취하는 것처럼.

「세연.」

한 번 더, 유세프가 주문을 외듯 그녀의 이름을 부름과 동
시에 그의 굵은 페니스가 그녀의 젖은 부위 안으로 진입했
다.

"핫, 흐으으!"

세연은 숨이 멎는 것 같은 고통을 느꼈지만 견뎠다. 질척
거리는 살의 마찰 소리가 귓가를 간질였다.

그녀는 깊고 깊게 들어선 유세프의 남성이 제 안에서 부
풀어 오르는 것을 인지했다.

「크윽.」

그가 나지막한 탄성을 터뜨리며 세연의 허리 양옆을 잡았다. 유세프의 이마에 송골송골 맺혀 있던 땀방울이 그녀의 얼굴로 떨어졌다. 주르륵 흘러내리는 유세프의 땀과 그녀의 땀이 섞여 몸을 적셨다.

"읍, 훗, 핫, 으응, 하악!"

호흡을 멈추었다 다시 쉬고, 소리를 흘렸다 억지로 감추며 세연은 유세프의 페니스가 자신을 찌르는 것을 받아들였다.

딱딱한 돌 위에서 행해지는 섹스라 처음엔 조심스럽게 움직이던 유세프는 곧 세연을 바로 일으켜 세워선 그녀를 제 품으로 안았다.

세연이 그의 품속으로 쏟아졌다. 그녀는 팔을 뻗어 그의 목에 두르곤 아래위로 몸을 움직였다. 유세프는 피스톤질을 계속하며 세연을 자극했다.

"하아, 으읏, 흐으읏……!"

두 남녀가 하나가 된 결과로 인해 흥분한 혈관 속의 혈액이 들끓었다. 세연의 무릎에서 아직 지혈 못 한 피가 줄줄 흘러내렸지만 그들은 멈추지 않았다.

✳   ✳   ✳

Day+7.

세연이 눈을 뜬 지 벌써 일주일이 지났다. 그러니까 무인도 생활을 시작한 지 벌써 7일째. 두 사람이 탔던 두바이행 비행기가 추락한 지는 아마도 열흘 정도가 되었을 것이다.

그럼에도 여전히 세연은 유세프와 함께 무인도 생활을 이어 가고 있었다.

「이거 봐, 세연! 또 잡았어!」

시간은 모든 걸 해결해 준다는 말이 무색하지 않게 두 사람은 낯선 섬에 적응하기 시작했다. 이젠 눈을 가리고도 생선을 낚을 만큼 유세프는 낚시에 익숙해졌다.

낚싯대도 아닌 나무 작살로 생선을 낚는 그는 완벽한 어부의 모습이었다.

세연은 환하게 웃으며 제게 생선을 들이미는 유세프를 향해 옅게 웃어 주었다.

「유세프, 이 길을 와 본 적 있나요?」

「아니. 여긴 처음인데.」

「그럼 기록해 둬야겠어요.」

「기록?」

「네. 얼마 전 발견한 동굴 말이에요. 거기 벽에 그동안 갔던 곳들을 새기고 있거든요.」

계곡에서의 일 이후 두 남녀는 섬의 곳곳을 탐험하며 혼
자선 가기 힘들었던 곳을 둘러보았다. '혹시' 하는 희망을
버리지 못했던 까닭이었다. 물론 그들이 기뻐할 만한 수확은
없었지만.

「하아, 하아.」

「추워?」

「네, 조금.」

「……이리 와.」

「괜찮……!」

「당신이 떨고 있는 걸 보고 싶지 않아.」

「유세프.」

「온기를 나누면 추위가 덜할 거야.」

「……고마워요.」

「천만에.」

지난 일주일 사이에 두 사람은 더욱 돈독해졌다. 이렇게
급속도로 누군가와 가까워져 본 적이 없었기에 처음엔 혼란
스럽기 그지없었지만 지금은 놀랍게도 익숙해져 있었다.

이젠 유세프가 없는 잠자리는 도무지 상상하지 못할 만큼 그녀는 그의 품에서 안락함을 느꼈고 그것은 유세프 역시 마찬가지인 것처럼 보였다.

단순히 몸과 몸을 섞어서이기 때문이 아니라 두 사람은 하나의 고난을 같이 겪고 생존한 이들이었기에 마음을 공유하고 있었다.

세연은 적어도 그렇게 생각했다. 그래서 자신을 끌어당기는 유세프의 손길을 거부하지 않았다.

동이 트자마자 유세프는 식량을 준비해 오겠다며 숲으로 들어갔다.

함께 가길 원하는 세연에게 '밤새도록 안겨 있었잖아. 잠시 쉬고 있어. 금방 돌아올게' 라고 속삭인 유세프는 벌써 몇십 분째 돌아오지 않고 있었다.

세연은 그를 기다리며 숲으로 진입하는 모래사장 입구에 앉아 멍하니 바다를 바라보는 중이었다.

'어?'

무척이나 잔잔해서 두 남녀가 외딴 섬에 표류해 왔다는 걸 쉬이 믿기 힘든 고요한 바다에 갑자기 큰 파도가 일었다.

세연의 눈동자가 커진 것은 그 순간이었다.

그녀는 멀리 보이는 흐릿한 형체에 화들짝 놀라 뒤를 돌아보았다.

「세연! 나 왔어!」

기가 막힌 타이밍이었다. 숨이 차올라 가쁜 호흡을 내쉬던 세연의 시야로 찬란한 태양처럼 웃으며 두 손 가득 식량을 들고 다가오는 유세프의 모습이 보였다. 세연의 심장이 쿵쿵 뛰기 시작했다.

「유, 유세프! 유세프!」

세연은 얼른 자리에서 일어나 그를 향해 달려갔다. 유세프는 숨을 헐떡이며 달려온 세연의 다급한 얼굴에 고개를 갸웃거렸다. 그녀는 그의 왼쪽 팔목을 세게 잡아채며 소리쳤다.

「따라와요!」

「세연!」

후드득, 소리를 내며 유세프가 들고 있던 생선과 열매가 땅 위로 떨어졌다. 하지만 세연은 아랑곳하지 않고 자신이 보았던 것을 향해 그를 이끌었다.

헉헉.

얼마나 달렸을까. 그녀는 왜 그러냐며 어리둥절해하는 유세프의 손을 놓은 채 멍하니 바다를 직시했다. 곧이어 파도에 휩쓸려 육지로 가까워지고 있는 검은 형체가 유세프의 시야 안으로도 들어왔다.

「저건……!」

유세프의 눈동자가 큼지막해지자 세연은 고개를 끄덕여

주었다.

그는 세연이 무슨 의미를 담은 눈빛을 보내는 건지 짐작하곤 검은 형체가 떠 있는 바다를 향해 달려들었다.

세연은 두 손을 세게 움켜쥐었다.

제발, 제발······.

그 어떤 신이라도 좋으니 우리에게 희망을 주소서.

세연은 간절하게 빌었다. 유세프가 검은 형체에 닿고 그것을 끌어 올려 그녀가 있는 곳으로 헤엄쳐 오는 모습이 보였다. 심장 박동이 더욱 빨라졌다. 세연은 맞댄 손에 힘을 주었다.

「콜록, 콜록!」

「괜찮아요, 유세프?」

비틀거리며 검은 형체를 부축해 온 유세프가 털썩, 모래사장 위로 무릎을 찧으며 주저앉았다.

세연은 콜록거리는 그의 등을 두드려 주며 유세프의 안위를 살폈다. 유세프는 별거 아니라는 듯 손을 휘휘 내저었다. 그는 자신이 메고 온 검은 형체를 바로 눕히며 세연을 쳐다봤다.

「······세연.」

그녀를 부르는 그의 입술이 떨렸다.

세연은 아무 말도 하지 않았다. 울컥 눈물이 차오를 것 같앉지만 꾹 참아 내려 애썼다. 세연은 넋을 놓고 모랫바닥 위에 누운 사람을 내려다봤다.

「세연.」

유세프가 대답 없는 그녀를 다시 불렀지만 이번에도 세연의 입은 열리지 않았다. 그는 백짓장보다 하얗게 변해 버린 세연의 얼굴을 걱정스러워하고 있었다.

후들후들 떨리는 세연의 다리를 발견하고 그녀를 부축하기 위해 다가가려 했으나 그녀는 그의 손을 뿌리쳤다.

"안…… 돼."

세연은 고개를 저었다.

「세연, 그만……해.」

한국어로 중얼거리는 세연을 그가 붙잡으려 애썼다. 세연은 조금 전보다 세게 고개를 내저으며 소리쳤다.

"안 돼! 안 된다고! 아닐 거야!"

쿵—!

「세연!」

"살아!"

「그만해, 세연!」

"살아나라고!"

「세연!」

"살아나란 말이야! 살아……흐어어엉!"

울부짖는 세연의 눈 밑으로 펑펑 눈물방울이 쏟아져 내렸다. 유세프는 이미 오래전 부패된 사체를 붙잡고 소리 지르고 있는 세연을 껴안았다.

유세프의 가슴을 퍽퍽 치며 그의 품 안에서 벗어나기 위해 발버둥 치던 세연은 몇 분 동안의 실랑이 끝에 주르륵 주저앉았다.

✳   ✳   ✳

「있잖아요, 유세프.」

밤은 빠르게 찾아왔다.

그 사건 이후로 하루 종일 입도 뻥긋하지 않던 세연은 잠자리에 들기 직전 유세프를 향해 말을 건넸다.

온종일 모든 음식을 게워 내던 세연을 걱정 어린 시선으로 응시하던 유세프는 세연의 몸 위에 나뭇잎으로 만든 이불을 덮어 주려다 멈췄다.

「응, 말해.」

더할 나위 없이 부드러운 목소리로 대답하며 그가 그녀를 내려다보았다. 자신을 응시하는 유세프의 눈동자가 너무도 다정해서 세연은 울음이 터져 나올 것 같았으나 가까스로 참아 냈다. 그녀는 주저하다 천천히 입술을 뗐다.

「만약에…… 아주 만약에, 말이에요.」

「응.」

「우리가 이곳을…… 빠져나가지 못한다면, 어떻게 해야
할까요?」

두 눈으로 직접 시체를 본 것은 처음이었다. 유세프와 자
신 이외의 새로운 사람을 발견했다는 사실에 기뻐할 겨를도
없이, 그 사람이 이미 죽어 버린 상태였다는 것은 세연에겐
크나큰 충격이었다.

잔뜩 부패되어 얼굴 확인조차 불가능했던 시체가 뇌리에
서 잊히지 않는다.

어쩌면 그와 자신도, 유세프가 오전에 파묻은 그 사람처럼
이 이름 모를 곳에서 그렇게 죽어 버릴지도 모른다는 생각에
얼굴을 펼 수 없었다.

세연은 힘없이 말을 뱉어 내며 그를 응시했다. 유세프의
벽안이 요동쳤다.

「무서워요.」

두렵다. 두렵고 두려워서, 무섭다.

유세프와 함께 있어서 잠시 잊고 지내던 절망감이 다시금
차올랐다. 제어하기 힘들 만큼 목을 죄어 와 세연은 숨이 막
혔다. 유세프는 그런 세연을 안쓰러운 듯 응시했다.

「세연…….」

눈물이 앞을 가렸다. 세연은 전신을 바들바들 떨며 중얼거렸다.

「다시는, 돌아갈 수 없을 것 같아.」

「……!」

「나…… 너무 무서워. 어떻게 해야 해요, 우리? 진짜 어떻게 해야 하냐고요!」

돌을 맞대어 불을 만들고, 갓 잡은 생선을 구워 먹으며 나뭇잎으로 만든 이불로 추위를 이겨 낼 수는 있겠지만 언젠가 한계는 오기 마련이었다.

그래도 누군가 그들을 구해 줄 거라는 희망 아래 하루하루를 버티고 있었던 세연은 일주일 만에 찾아온 현실 감각에 무너져 내렸다.

그녀의 새파랗게 질린 입술은 혈기를 되찾지 못했다. 힘껏 껴안는 유세프의 가슴을 두드리며 외치는 세연의 눈에선 쉴 새 없이 눈물이 흘러내렸다.

「구하러 올 거야, 누군가는.」

「거짓말!」

「난 거짓말 따윈 하지 않아.」

「흐으윽.」

「희망을 잃어선 안 돼, 세연.」

「으읍.」

「우린 기적처럼 살았어. 그러니까 또 다른 기적이 일어날 테지. 신이 우릴…… 살필 거야.」

「흐흡.」

「진정해.」

「하아.」

「내가 있어.」

「……!」

「당신 곁엔, 내가 있다고.」

그를 뿌리치기 위해 몸을 흔들던 세연은 울고 있는 자신의 눈두덩 위에 입술을 가져다 대는 유세프의 행동에 눈을 크게 떴다.

유세프의 입술이 나지막하게 속삭이며 아래로 내려왔다. 눈, 뺨, 코, 입술까지. 그의 다정한 행동에 세연은 끓어오르던 흥분이 놀라울 정도로 빠르게 가라앉는 걸 느꼈다.

이윽고 그녀의 도톰한 입술을 유세프가 머금었다. 멍하게 그를 받아들인 세연의 혀를 옭아매며 강하게 빨아 당겼다. 현기증이 일 만큼 강한 압력에 세연은 미간을 좁혔다.

그는 세연의 모든 것을 쓸어 담았다. 세연의 체액과 그의 체액이 섞여 은빛 실타래를 형성했다. 세연은 흐릿해진 눈으로 그를 쳐다봤다.

「하아, 하아…… 유세프.」

「그래.」

「유세……프.」

「응.」

불안했던 마음이 제자리로 돌아왔다. 그의 입술이 닿는 순
간 아무 생각도 이어 갈 수가 없었다. 그녀의 눈엔 오로지 유
세프의 푸른 눈동자만이 가득했다.

세연은 홀린 듯 유세프의 이름을 불러 댔다. 그가 흐릿하
게 웃으며 그녀의 코앞에서 속삭였다.

「말해, 세연.」

쿵쿵, 가슴이 크게 일렁였다. 세연은 미동 없는 벽안을 한
참 동안 들여다보다 말했다.

「안아…… 줘요.」

안도하게…… 된다.

「날 안아 줘요, 유세프.」

당신이라는 사람을 안 지 고작 일주일밖에 되지 않았지만,
당신과 함께하는 이 시간엔 마음의 안정을 찾아.

세연은 절망의 끝에서 또다시 그에게 구원받는다.

❊   ❊   ❊

"아흑!"

과실을 지분거리는 유세프의 손길에 세연은 숨결을 토해 냈다. 그는 이제 세연의 몸 곳곳을 모두 파악하고 있었다. 어디를 건드리면 그녀가 흥분을 하는지, 느끼는지 너무도 자세하게 알고 있었다.

세연은 야릇한 숨을 흘리며 그를 받아들였다.

'뜨거워……'

머릿속이 타들어 가는 것 같다. 온몸이 펄펄 끓어 넘친다. 세연은 제 위에서 자신을 자극하고 있는 유세프를 올려다보았다.

그의 입술이 머문 자리는 뜨거워 견딜 수가 없다. 유세프는 열정적인 남자였다.

질퍽질퍽, 세연의 여성 안을 비집고 들어오는 유세프의 남성이 요동쳤다. 세연은 그의 등을 세게 끌어안으며 헉헉 호흡을 내뱉었다.

"하아, 훗!"

제 안에서 커져 가는 그의 페니스가 느껴졌다. 딱딱해진 중심 부위를 밀어 넣었다 빼기를 반복하는 유세프의 움직임이 빨라졌다.

그의 입술 사이에서도 거친 숨이 터져 나왔다. 코끝에서 느껴지는 그의 달콤한 체취에 넋을 놓아 버릴 것만 같았다.

세연은 흐려지려는 이성의 끈을 마지막까지 꼭 붙들고 있었다.

「하아, 흐으, 으윽!」

「후우, 후우.」

「아아, 하윽…… 으읏!」

제 속에서 꿈틀거리는 그로 인해 온기가 퍼져 갔다. 머리가 텅 비어 버렸다. 오전에 있었던 끔찍한 일 따위는 더 이상 생각나지 않는다.

그의 품에 안기자마자 안정을 되찾아 버리는 자신이 아이러니하게 느껴졌지만 세연은 개의치 않기로 했다.

유세프의 넓은 품 안에서 안정을 찾고 싶었다. 편안해지고 싶었다.

세연은 허리 밑이 끊어질 것 같은 통증을 견뎌 냈다.

'더.'

조금 더……!

그를, 느끼고 싶었다.

「유……세프.」

모든 힘을 쥐어짜며 세연은 그의 이름을 흘렸다. 입술을 악물고 몸을 움직이던 유세프의 흐릿한 눈동자가 그녀를 향했다. 세연은 그의 남성이 터지기 일보 직전이라는 걸 자각하곤 속삭였다.

「안에, 해 줘요.」

「……뭐? 하지만 그건.」

「해 줘요. 완벽하게…… 하나가 되고 싶어요, 당신과.」

그녀는 애원했다. 애절한 그녀의 부탁에 유세프의 푸른 눈이 파도처럼 일렁였다. 지금껏 두 사람은 항상 사정까지 가지 않거나, 질외 사정을 했었다.

서로의 온기를 느끼기 위해 몸을 섞기는 했지만 목숨이 위태위태한 이런 상황에서 혹시나 있을 일을 방지하기 위해서였다.

암묵적으로 동의한 일이었기에 그것에 대해서 언급하지 않았던 세연이 먼저 제안을 하자 유세프는 고심하듯 멈추었다.

「제발.」

한 번 더 말하자 유세프는 결단을 내렸다. 고개를 살짝 까딱이는 그의 모습에 세연은 옅은 미소를 지었다.

「으윽!」

「하아…….」

퍽퍽, 살들이 섞여 발생하는 마찰음이 그들의 임시 보금자리인 동굴 속을 가득 울렸다. 세연의 비밀스러운 곳은 유세프의 남성 끝에서 배출된 애액으로 가득 찼다.

따뜻했다. 너무 따뜻해서 세연은 눈물이 주르륵 흘러내리는 걸 막지 못했다. 유세프는 그런 세연을 힘껏 껴안았다.

영원히 놓아주지 않겠다는 듯, 강하게.

✻　　　✻　　　✻

「세연.」

정신없는 밤이 흘렀다. 여전히 밖은 어두웠고 동굴 천장에서 뚝뚝 떨어지는 물방울 소리만 고요하게 들려오고 있었다.

유세프의 품에 안겨 처음으로 그의 모든 것을 받아 낸 세연은 지친 얼굴을 하고 그의 팔에 머리를 대고 있었다. 세연이 잠을 이루지 못한다는 것을 알고 있었던 유세프는 조용히 그녀의 이름을 불렀다.

「네, 유세프.」

미세하게, 그의 목소리가 떨린다고 세연은 생각했다. 무슨 생각을 하기에 그러는 것일까. 그녀는 대답하는 자신의 음성에 후우, 한숨을 내쉬는 유세프의 숨결을 인지했다. 유세프는 말을 이었다.

「당신은, 우리가 이곳을 나가게 된다면…… 가장 먼저 뭘 하고 싶어?」

세연은 조금 놀랐다. 그가 이 상황에 꽤나 희망적이라는 건 알고 있었지만 이런 질문을 할 줄은 예상하지 못했기 때문이다.

세연은 풋 웃었다.

「글쎄요. 거기까진 생각해 보지 않았는데.」

그녀의 답변에 유세프가 실소를 터뜨렸다. 세연은 고개를 들어 그를 응시했다. 어둠 속에서도 그의 푸른 눈동자는 아름답게 빛나고 있었다.

「유세프는 하고 싶은 게 있어요?」

어쩌면 그는 그냥 말을 하고 싶었던 것이 아닐까. 질문을 하고 그 답변을 듣기 위해서가 아니라 자신이 말하기 위해서. 세연의 물음에 유세프는 빙긋 미소 지었다.

「있지.」

「물어봐도 돼요?」

「화해.」

화해?

그녀의 얼굴에 의문이 물들었다. 유세프는 이해한다는 듯 고개를 끄덕이더니 말을 덧붙였다.

「비행기를 타기 전에, 고국에 있는 형과 사소한 이유로 다퉜거든.」

「아.」

「계속 그게…… 마음에 걸려. 겉으론 센 척해도, 사실은 마음이 여린 사람이라서 말이지. 아마도 지금쯤 내 사고 소식에 자책을 하고 있을지도 모르겠군.」

씁쓸하게 읊조리는 그의 얼굴에 어둠이 내려앉는 것이 안타까웠다.

그를 위로하려던 세연은 문득 눈앞을 스치는 누군가에 대한 생각에 입을 다물었다.

불현듯 떠오른 사람은 바로 지훈이었다. 세연은 헛웃음을 삼키며 가만히 유세프를 응시하다 말했다.

「그럼 저도…… 못다 한 말을 해야 할까요.」

유세프는 의아한 표정을 지으며 그녀를 내려다보았다.

「못다 한 말이라니?」

그가 이해하지 못하겠다는 눈빛을 보냈다. 세연은 어떻게 시작해야 할지 망설이다 힘겹게 말을 흘렸다.

「이사님께, 말이에요.」

「이사라니, 그게…… 아!」

「만약 돌아가게 된다면, 하지 못했던 말을 하는 게 좋겠어요.」

평생, 후회하기는 싫으니까.

비행기가 추락하기 직전 마지막으로 생각난 사람은 바로 지훈이었다. 그에게 쉽게 뱉어 낼 수 없었던 그 말을 하지 못한 게 못내 마음에 걸렸다.

물론 이 섬에 도착한 이래론 그를 생각하는 것이 손에 꼽을 정도였지만 이렇게 찝찝한 기분으로 살아가는 건 싫었다.

세연은 결심했다는 표정을 지으며 중얼거렸다.

「……」

유세프는 그런 세연에게 아무런 말을 해 주지 않았다. 혼자만의 각오를 다지고 있던 세연은 제 어깨를 붙잡고 있던 유세프의 손에 힘이 들어가는 것을 자각했다.

「유……세프?」

갑자기 왜 이러나 싶어 그를 불렀지만, 유세프는 미간을 찌푸리기만 할 뿐 입을 열지 않았다.

「유세프?」

「……」

「유세프!」

「아, 미안. 미안……해.」

어깨의 고통이 참을 수 없어지자 세연은 그의 옆구리를 쿡 찔렀다. 그제야 자신이 힘을 주고 있다는 걸 알아차린 유세프는 서둘러 그녀의 어깨에서 손을 뗐다.

방금 전까지 웃고 있던 유세프가 지독하게 싸늘한 표정을 짓고 있자 의문에 휩싸인 세연은 말을 걸었다.

「유세프, 대체 왜 그러는 거예요?」

그는 진정 모르겠냐는 얼굴을 하고 세연을 내려다보았다. 세연은 답하지 않았다.

그는 머뭇거리다 제길, 하고 낮게 욕설을 흘리더니 나지막하게 말했다.

「……면 좋겠어.」

제대로 듣지 못해 세연이 눈을 깜빡이자 그는 얼굴을 일 그러뜨리며 소리쳤다.

「그 남자에게 당신의 마음을 말하지 않았으면 좋겠다고!」

뭐?

세연은 벌떡 일어나며 외친 유세프를 따라 몸을 일으켰다. 유세프는 그런 세연의 두 손목을 덥석 잡더니 파랗게 물결치는 눈동자를 그녀에게 고정시켰다.

「당신은…… 아름다워.」

「유……세프?」

「현명하고, 생기가 넘쳐.」

「아.」

「지금껏 나는, 당신 같은 여자를 만나지 못했어. 앞으로도 당신 같은 여자는 다시 만나지 못하겠지.」

「유, 유세프.」

「내가 당신을 알고 지낸 시간은 고작 일주일이지만, 그 일주일로 충분했어. 난…… 당신에게 빠져 버렸어.」

「……!」

「세연, 내 여자가 돼.」

숨이 막혔다.

「내 여자가 되어서, 영원히 내 곁에 있어.」

그는 명령했다.

「다른 남자 따윈 보지 않고, 나만을 바라보며 내 곁에 있
어 줘.」

부탁에 가까운 목소리로, 요구했다.

「당신을 원해.」

달콤한 목소리.

그윽한 눈빛.

멈추지 않는 심장.

홀려 갔다. 까마득한 깊이의 늪으로 빠지듯, 그에게.

세연은 정신없이 뛰는 가슴의 뜀박질을 안정시키려 애썼
지만 어려웠다. 곧 포기하고 유세프를 응시하는 세연의 눈동
자가 맑게 요동쳤다.

뭐라고, 대답해 주어야 할까. 세연은 파르르 떨리는 입술
을 열기 위해 애썼다.

유세프는 강하게 명하고 있었다.

자신의 여자가 되라고. 자신의 것이 되라고. 평생 자신의
곁에 있을 수 있는 여자가 되라고. 자신이 세연을 소유하고
싶다고.

'나는……!'

숨이 차올랐다.

세연은 가빠 오는 호흡을 진정시키며 그에게 말하기 위해 입술을 벌렸다. 그리고 그녀가 막, 뭔가 말을 하려는 순간.

두두두두—!

멀리서, 그 '소리'가 들려왔다.

★★★★★
다섯

「혹시 불편한 점은 없으십니까?」

마치 달콤한 솜사탕을 떠올릴 만한 부드럽고 정중한 말투.

현재 일어나고 있는 일들을 실감하지 못해 창밖만 멀뚱히 응시하고 있던 세연은 그 목소리에 고개를 돌렸다.

아름다운 외모를 지닌 단정한 유니폼 차림의 승무원이 생글생글 웃고 있었다. 그러나 그 미소에서 흘러나온 적대적인 감정 역시, 세연은 캐치해 냈다.

지훈의 비서 생활을 하면서 자연스럽게 타인의 얼굴 뒤에 감추어진 감정을 파악할 수 있게 되었기 때문일까.

부러움과 질투, 시기, 동경 등등이 섞여 있는 여자 승무원을 똑바로 응시하던 세연은 생각을 정리하고 고개를 저었다.

「아뇨. 전 괜찮습니다.」

「그럼 필요한 것이 있으시면 언제든 불러 주세요.」

「……그러죠.」

그녀가 쉰 목소리로 대답하자 빙긋 웃으며 뒤로 물러나려던 승무원이 세연의 옆에서 눈을 감고 있는 '그'를 흘긋거렸다.

승무원이 사라지지 않자 의아하게 여기던 세연은 유세프를 흘끔거리는 그녀의 모습을 발견했다.

허탈한 웃음이 순간적으로 흘러나올 뻔했으나 그녀는 꾹 참아 냈다.

승무원은 아쉬움과 씁쓸함이 가득한 얼굴로 적지 않은 시간 동안 그를 쳐다보다 겨우 앞에서 사라졌다.

세연은 승무원이 사라질 때까지 경계를 늦추지 않고 있다 슬며시 시선을 옆으로 돌렸다.

「유세프, 소리…… 들었어요?!」

「…….」

「유세프!」

「들……었어.」

「그렇죠? 당신도 들은 거죠? 그런 거죠? 내 귀가 잘못된 거 아니죠?」

「……그래, 아냐.」

「그럼 우리…… 우리 살 수 있는 거죠? 누가 우리를 구하러 온 거겠죠? 아니다, 이렇게 있을 시간이 없어요! 빨리 나가 봐요! 네? 어서요!」

두두두두—!

고요한 동굴 속까지 울리던 커다란 소리.

분명 헬기로 짐작되는 그 소리가 점점 가까워질수록 얼굴에 화색이 도는 세연과 달리 그의 얼굴은 꽤나 차분했다.

평소의 세연이었다면 이상하다고 여길 수 있을 만한 유세프의 모습이었지만 그녀는 드디어 이곳을 나갈 수 있을지도 모른다는 생각에 무척 흥분한 상태라 거기까지는 깨닫지 못했다.

세연은 굳은 표정의 유세프의 품에서 빠져나가 천 쪼가리에 가까운 옷을 걸치고 동굴 밖으로 달려갔다.

「여기예요! 우리 여기 있어요!」

그리고 있는 힘껏, 소리쳤다.

목이 쉬어 버릴 정도로 크게.

밝은 조명을 비추며 자신들을 찾고 있는 것이 틀림없는 헬기를 향해 양팔을 벌리고 쉴 새 없이 외치고 또 외쳤다.

살려 달라고. 우리를 구조해 달라고. 부디 우리를 발견해 달라고, 끊임없이.

「그렇게 쳐다보다간 내 얼굴이 뚫리겠어.」

목을 놓아 외치던 자신의 모습을 떠올려 보던 세연은 어느덧 유세프의 푸른 눈동자가 저를 직시하고 있다는 것을 깨달았다.

지난 며칠 동안의 고생으로 인해 작은 생채기가 나 있긴 했으나 여전히 찬란하게 빛나는 유세프의 조각 같은 얼굴이 보였다.

그는 세연의 행동 하나하나가 흥미롭다는 듯 입가에 미소를 머금은 채 그녀를 향해 푸른 눈동자를 고정시키고 있었다.

세연은 가슴이 쿵쾅거리는 것을 애써 감추며 천천히 입술을 뗐다.

「자고 있던 거 아니었어요?」

유세프는 웃으며 고개를 저었다.

「눈을 감고 있기는 했었지만 자고 있던 건 아니었어. 시끄러운 건 사양이라서 말이지.」

「그게 무슨 소리예요?」

어리둥절해하는 세연을 빤히 쳐다보던 유세프는 승무원들이 모여 있는 갤리 쪽을 흘긋거리며 말을 이었다.

「저 사람들은 호기심이 많거든.」

확실히 그런 것 같기는 했다.

갤리를 가리는 커튼은 완벽히 닫혀 있는 상태가 아니었다. 언뜻 어두운 틈 사이로 누군가와 눈이 마주친 느낌을 받기도 해 흠칫 놀라던 세연은 불현듯 제게 손을 내미는 유세프를 올려다보았다.

「유세⋯⋯!」

말없이 손만 내밀고 있는 그를 의아스럽게 응시하다 결국 제 손을 커다란 손 위로 얹자 유세프는 씩 웃으며 일어나더니 그녀를 끌어당겼다.

덕분에 갑자기 몸을 일으키게 된 세연은 비틀거리며 유세프의 품에 쏙 안겼다.

세연이 당황하여 얼굴을 붉혔지만 그는 신경 쓰지 않는 듯 그녀의 허리를 감싼 채 걸음을 옮기기 시작했다.

「유, 유세프!」

얼떨결에 유세프의 품 안에서 움직이게 된 세연은 자신을 데리고 갤리 쪽으로 향하는 그를 말리려 했다.

그러나 유세프는 거침없었다.

그는 절반 정도 쳐져 있던 갤리의 커튼을 있는 힘껏 젖힌

131

후 자신들을 염탐하던 승무원들을 향해 빙긋 웃었다.

유세프의 돌발적인 행동에 놀라 뒷걸음질 치던 승무원들 중 사무장으로 짐작되는 여자가 다른 이들을 자제시키곤 어색하게 미소 지으며 입술을 열었다.

「시키실 일이 있으십니까?」

「아니. 그건 아니지만, 할 말이 있어서 말이지.」

「무엇이든 말씀하십시오.」

유세프는 거리낌 없이 대답했다.

「우린 지금부터 침실로 갈 거야.」

「……!」

승무원들의 눈동자가 동그래진 것은 당연한 일이었다. 물론 세연도 마찬가지였다. 유세프는 야릇한 미소를 지으며 세연을 더욱 끌어당겼다.

「한동안 우릴 방해하지 말아 줬으면 하는군. 아, 그러니까 지금처럼 숨어서 지켜보는 행동을 하지 말아 달라는 소리야.」

❋　　　❋　　　❋

「방금 그 태도는 몹시 무례했어요, 유세프.」

문을 닫자마자 눈꼬리를 휘는 유세프를 향해 세연은 단호하고 냉정한 어투로 말했다. 씩 웃으려던 유세프의 얼굴에 의문이 맴돌았다.

「세연, 당신도 그들이 우릴 지켜보는 걸 탐탁잖아 했었잖 아.」

「그건 그렇지만, 그래도요.」

유세프의 직설적인 발언에 어쩔 줄 몰라 하던 승무원들의 얼굴이 눈앞에 아른거렸다.

제가 말한 것이 아님에도 불구하고 당혹스럽게 느껴져 괜 히 미안해졌던 세연이 유세프에게 핀잔을 주었으나 그는 요 지부동이었다.

오히려 '난 잘못한 게 없어'라는 태도를 유지하는 그를 빤 히 올려다보던 세연은 길게 한숨을 내쉬다 주위를 둘러보았 다.

「그런데 여긴, 어디예요?」

비행기 내에 '침실'이 있을 줄은 예상하지 못했다.

일등석이 침대 형식의 의자로 되어 있다는 건 알고 있었 고 지훈 덕분에 몇 번 타 본 적도 있었지만 이렇게 완벽한 침 대가 놓여져 있는 공간은 처음 보았다.

'그러고 보니……'

워낙 경황이 없어 이제야 생각난 거지만, 이 커다란 비행 기 안에는 유세프와 세연 외의 승객은 보이지 않았다.

분명 그와 함께 헬기를 타고 공항에 도착해 비행기로 갈아탈 때 보았던 외관상 모습은 작은 기체가 아니었건만. 넓은 기내에 그들 외의 승객이 없다는 점이 매우 의심스러웠다.

　세연은 파고들면 파고들수록 더욱 증폭되어 가는 의문점에 미간을 좁히며 눈을 굴렸다.

　「보다시피 침실이야. 다른 이들이 우리의 대화를 들을 수 없는 곳이지.」

　유세프는 인상을 쓰고 있는 세연을 번쩍 안아 들고는 과감하게 발을 내딛었다.

　「유세프!」

　세연이 깜짝 놀라 그의 이름을 불렀지만 유세프는 멈추지 않았다.

　그는 성큼성큼 다가간 침대 위에 세연을 조심스럽게 눕힌 뒤 동그랗게 눈을 뜬 채 자신을 바라보고 있는 세연의 이마에 입을 맞추었다.

　「비행기 안이라 작긴 하지만, 모래사장 위보단 확실히 나을 거야.」

　「유세프, 대체 뭘 하려고 그래요?」

　작게 속삭이는 유세프의 행동을 도무지 이해할 수 없었던 세연이 물었다. 유세프는 그런 세연의 이마를 콕 찍으며 미소 지었다.

「정말 몰라서 그러나? 당신을 안으려는 거잖아.」

「네?」

「안게 해 줘, 세연.」

「……!」

「제발…….」

세연의 손등에 입을 맞추며 그윽하고도 맑게 일렁이는 벽안을 고정시키는 유세프의 눈길에 그녀는 멋대로 뛰는 심장을 주체할 수 없었다. 애원하는 남자의 얼굴이 너무도 아름다워 숨이 막혀 왔다.

세연은 입술을 꾹 누르며 자신의 옷을 벗기는 유세프의 행동을 묵인하고야 말았다.

비행기에 올라타자마자 둘러싼 여자 승무원들에 의해 샤워실로 직행했던 세연은 체격에 맞춰 준비된 깔끔한 옷을 입은 상태였다.

속옷까지 고급스러운 원단을 걸치고 있었던 터라, 껄끄러움을 느끼던 차였다. 다가온 유세프의 손길이 오히려 다행스러울 정도였다.

"아흡!"

그러나 옷이 바닥으로 내팽개쳐지고 나신이 되어 버린 자신의 과실을 한껏 물어 버리는 유세프의 행동엔 야릇한 신음을 흘릴 수밖에 없었다.

세연은 뜨거운 유세프의 혀끝이 원을 그리듯 유륜 주위를 맴돌자 숨을 헐떡였다.

「으훗, 흐윽, 으응!」

힘껏 가슴을 빨아 당기며 유세프는 그녀를 끊임없이 자극했다.

다른 한쪽 가슴 언덕을 움켜쥔 채 오뚝 솟은 돌기를 슥슥 문지르는 그로 인해 세연은 눈앞이 팽그르르 도는 걸 느꼈다.

그의 손길에 빠져드는 자신이 느껴졌다. 온몸에 찌릿찌릿 전율이 돌아 입술이 말라 갔다. 세연은 제 몸 곳곳에 붉은 낙인을 새기는 유세프를 거부하지 못한 채 그의 입술이 선사하는 환희에 젖어 갔다.

「하아, 으윽, 유, 유세프, 으웃!」

달아오른다.

차갑게 식어 가던 머리가 다시금 열정에 휩싸인다.

세연은 다른 생각을 할 수 없도록 유도하는 유세프가 얄미웠다.

오로지 그만 생각하게 만들어 버리는 그의 입술, 혀끝, 손가락이 미치도록 원망스러웠지만 그를 멈추게 하지는 않았다.

조금 더.

아주 조금만 더…… 그를 느끼고 싶었다.

유세프의 말랑한 혀가 그녀의 복근을 지나 배꼽에 닿자 짜릿한 감각이 전신으로 퍼져 갔다. 촉촉이 젖은 여성이 유세프를 반기고 있었다.

호흡은 점점 거칠어졌고 막을 수 없는 충동이 일었다. 유세프를 향해 손을 뻗을 수밖에 없었고, 그에 대한 갈증으로 목구멍이 말라 갔다. 세연은 흐릿해진 눈동자로 유세프를 응시했다.

「유…… 유세, 흐읍!」

그의 이름을 부르려고 했지만 입술을 막아 버린 유세프로 인해 세연은 다음 말을 뱉어 내지 못했다.

유세프는 세연의 가슴골을 지나 배꼽 근처를 배회하며 끊임없이 그녀의 신경을 건드리다 서서히 위로 올라왔다.

입가에 짙은 미소를 지은 채로 세연의 입술을 덮어 버린 그는 저돌적으로 입안을 파고들었다. 거칠게 치열을 쓸고 체액을 모조리 삼켜 버릴 기세로 흡입하는 유세프로 인해 세상이 새까맣게 물들어 갔다.

반짝거리는 그의 푸른 눈동자만 뇌리에 가득할 뿐. 세연은 더 이상 참을 수 없는 지경에 임박했음을 느끼곤 자신을 탐하길 원하는 남자를 향해 두 다리를 벌렸다.

「그만, 읏, 그만하고 날……!」

「세연.」

「하아, 흐으, 유세프…… 제, 제발요.」

「세연…….」

「아흑! 하아아, 어……서, 어서! 윽!」

유리 다루듯 그녀의 무릎을 핥고, 더 나아가 허벅지 곳곳에 키스마크를 새기는 유세프에게 세연은 애원했다. 끓다 못해 증발해 버릴 것 같은 제 안으로 부디 들어와 달라고.

가쁜 숨을 몰아쉬며 이마에 송골송골 땀방울까지 맺혀 있는 그를 올려다보았다.

지금 이 순간을 각인시키듯 세연을 자세히 내려다보고 있던 유세프가 쉰 음성을 흘리며 이름을 부르자 심장이 터져 버릴 것 같았다.

유세프는 헉헉거리는 세연의 다리 사이로 묵직하게 부푼 그의 페니스를 들이밀었다.

「으웃!」

단말마의 외침과 함께 세연은 제 안으로 들어서는 유세프의 남성을 느꼈다.

그녀에게서 흘러넘치는 꿀물이 유세프의 피스톤질을 원활하게 돕고 있었다.

퍽퍽, 살끼리 부딪치는 소리가 작은 침실 안을 채우기 시작했다.

세연은 그가 깊은 곳을 찌르고, 또 찌를 때마다 빨라지는 가슴의 박동을 컨트롤하지 못했다.

「흐으읏! 하아, 읏, 흐읍!」

「후우우, 세연……」

「으읏, 훗, 아흑!」

「나의…… 나의 세연……」

심장의 고동 소리는 한계치까지 도달했다.

유세프가 인상을 쓰는 그녀의 미간에 보드라운 입술을 가져다 대며 속삭였다.

질퍽질퍽, 매끄럽게 들어오는 유세프의 페니스는 잔뜩 부풀어 올라 세연을 압박하고 있었다.

조이는 강도가 점점 세져 움직이는 것이 힘들었음에도 불구하고 유세프는 속도를 줄이지 않았다.

세연은 아찔한 감각에 몸 전체가 환희에 물드는 걸 자각했다.

「얼마나…… 후우, 내가 얼마나 당신을 원하는지……. 세연, 당신은 짐작도 못 할 거야.」

그는 반동으로 인해 삐걱거리는 침대 위에서 세연의 귓가에 속삭였다.

세연은 흐릿해진 시야를 바로잡기 위해 눈에 힘을 주어 봤지만 잠시 멈췄다가 밀고 들어오는 유세프의 남성으로 이를 악물어야 했다.

「으, 으……!」

「이렇게 안고, 또 안아도…….」

「아흑!」

「나는 당신을…… 원해. 간절히 원해. 너무도 원해. 절실히 원해, 세연.」

유세프의 것이 제 안에서 커져 가는 게 느껴졌다. 세연은 달콤한 고백을 늘어놓는 그의 목소리를 들으며 흔들린 초점을 맞추려 애썼다. 유세프는 입술을 악문 채 세연의 안에 자신을 채우기 위해 움직였다.

「날…… 거부하지 마, 세연.」

그는 명령했다. 피할 수 있는 방법은 없다고. 자신의 손에서 벗어나지 말라고. 도망칠 수 없을 만큼 죄어 올 테니 얌전히 제 손으로 들어와 달라고. 명령 아닌 명령을 하며 세연을 안았다.

「하읏!」

세연은 안을 마음껏 휘저어 버리던 유세프가 이윽고 따뜻하게 자신을 채워 주자 얕은 신음을 흘렸다. 숨이 막혀 왔지만 곧 제 위로 풀썩 쓰러지는 그에게 안도하는 제 자신을 발견했다.

'나는…….'

아득해지는 정신 속에서 세연은 안정을 찾았다.

그것은 오직 유세프의 품에서만 느낄 수 있는, 그런 안락함이었다.

✳   ✳   ✳

두두두두—!

휘이이잉—

빠르게 돌아가는 프로펠러를 멍하니 응시했다. 심장이 쿵쾅쿵쾅 뛰어 세연은 몸을 부르르 떨었다. 다리는 후들거렸고 얼굴은 흥분으로 인해 빨갛게 물들어 있었다.

「괜찮아, 세연. 괜찮을 거야.」

곡선을 그리며 착지하려는 헬리콥터를 바라보던 세연의 손을 꼭 잡아 준 사람은 유세프였다.

그는 마치 예상이나 했다는 듯, 차분하고도 고요한 음성을 뱉어 내며 환희에 찬 세연의 흥분을 가라앉히려 노력하고 있었다.

그럼에도 불구하고 세연의 상기된 얼굴은 식지 않았지만 유세프는 그녀와는 확실히 다른 모습으로 서 있었다.

슈슈슈슈—!

눈알이 돌아갈 만큼 빠르게 움직이던 프로펠러가 요란한 소리를 내며 멎은 것은 그 시점이었다.

굉음을 발생시키던 엔진이 꺼졌고 문이 활짝 열려 있던 헬리콥터 안에서 검정 슈트를 입은 선글라스의 남자들이 와르르 내려왔다.

세연의 눈이 휘둥그레졌다. 그들이 유세프와 함께 서 있던 그녀를 향해 눈 깜짝할 사이에 달려왔기 때문이다.

『저기다! 저기 계신다!』

그들 중 가장 선두에 있던 사람이 뭔가를 크게 외쳤다. 그녀는 그 말을 알아들을 수는 없었지만 어쩐지 익숙한 언어라고 생각했다. 세연이 유세프를 만나자마자 들었던 바로 그 '언어'였다.

유세프의 모국어라던, 바로 그 '언어'.

『늦었군.』

열흘이 넘도록 유세프 외의 '살아 있는' 사람을 본 적이 없었던 세연이 산 사람을 봤음에도 불구하고 쉽사리 입을 열지 못하는 사이, 곁에서 입술을 꾹 다문 채 서 있던 유세프가 한숨 섞인 목소리로 말을 뱉어 냈다.

고개를 돌려 유세프를 응시하자 그는 지난 며칠 동안 세연이 단 한 번도 본 적 없는 냉혹한 얼굴을 한 채 그들에게 무어라 말하고 있었다.

『면목, 없습니다…….』

유세프의 말이 끝나자마자 세연은 놀라운 광경을 목격하고야 말았다.

리더 격으로 보이는 검은 슈트의 남자가 유세프의 앞에서 무릎을 굽히는 순간 달려오던 다른 장정들 역시 일제히 무릎을 꿇고 머리를 조아렸다.

세연은 갑자기 일어난 상황에 넋을 놓고 눈만 깜빡였다.

『쓸모없는 것들! 됐어. 그만 일어나!』

유세프는 성난 음성으로 말을 하고는 손을 들어 올렸다. 그제야 고개를 든 장정들이 동시에 세연을 응시했다.

졸지에 적지 않은 사람의 눈길을 받게 된 세연이 주춤 뒤로 물러나자 유세프가 얼굴을 일그러뜨리며 그녀의 앞을 가리더니 외쳤다.

『뭐하는 짓이지! 당장 물러나!』

　그 외침에 또 한 번 그들이 고개를 숙이자 세연은 유세프의 팔을 끌어당기며 입을 열어야만 했다.

「유세……프, 뭐, 뭐가 어떻게 되어 가는 거예요?」

　그들의 대화를 알아듣지 못해 답답해 미치겠다. 차라리 영어로 말했다면 저 역시 무어라 말을 할 수 있었을 텐데. 유세프는 조심스레 묻는 세연에게 흐릿하게 미소를 지어 주더니 그녀의 귓가에 대고 속삭여 주었다.

「안심해, 세연.」
「네?」
「저들은 우리를 구하러 온 사람들이야. 단지…… 왜 이렇게 늦게 온 거냐고 화를 내던 참이었어.」
「그래선 안 돼요, 유세프!」
「……어?」

세연은 눈을 크게 뜨는 유세프에게 단호하게 대답해 주었다.

「저분들이 우릴 얼마나 찾아 헤맸겠어요. 이렇게 와 준 것만으로도 감사해야 하잖아요!」

「그건…….」

「저기, 혹시 여기 영어를 할 줄 아는 분이 계시나요?」

그녀는 난처해하는 유세프를 밀치고 앞으로 나아가 아직 무릎을 굽히고 있는 검은 슈트의 남자들을 향해 말했다. 세연을 응시하고 있는 그들의 눈동자가 세차게 흔들렸다.

하는 수 없이 숨을 내쉬며 유세프가 고개를 까딱이자 뒤쪽에 있던 금발의 한 남자가 벌떡 일어났다.

세연은 그렁그렁 맺힌 눈물을 닦을 사이도 없이 그를 향해 성큼성큼 걸어갔다. 그리고는 있는 힘껏 그를 껴안으며 외쳤다.

「고마워요!」

「미, 미스!」

「정말로…… 정말로 고마워요! 우릴 찾아 줘서, 고마워요!」

「……!」

「흐읍, 너무…… 진짜 너무…… 고마워요…….」

❋   ❋   ❋

「조금 더 안고 있었다면 그를 찢어 죽일 생각이었어.」

살벌한 말투.

정말로 실행에 옮길 것 같은 그 목소리에 소름이 오소소 돋아났지만 세연은 괜스레 웃음이 흘러나왔다.

세연이 끌어안았던 '압둘'이라는 이름의 청년에 대한 적개심을 숨기지 않는 그가 질투에 활활 타는 어린아이 같아 귀엽게 느껴졌으니까.

「거짓말 말아요. 당신은 그런 사람이 아니에요.」

찬란하게 빛나는 그의 푸른색 눈동자를 올곧이 응시하고 있던 세연의 말에 유세프는 퉁명스레 대답했다.

「난 원래 그런 잔인한 사람이야, 세연. 정말 그럴 생각이었다니까?」

「흐응, 그래요?」

「전혀…… 안 믿는군.」

세연은 입을 삐죽이는 그에게 속삭여 주었다.

「당연하죠. 유세프 당신이 얼마나 다정한 사람인지, 제가 240시간이 넘게 지켜봤는걸요.」

「하하. 그거 참 귀여운 말이군. 하지만 그게 전부 당신 한 정이었다는 생각은…… 전혀 하지 않는 건가?」

「네?」

공중을 나는 비행기 안에서의 꿈같은 행위를 마친 뒤, 땀에 젖은 유세프의 품에서 아직도 생생하게 느껴지는 구출 직전의 일화를 떠올리던 세연은 미간을 좁히는 유세프의 말에 멈칫거렸다.

「그리고 보니 아직 난…… 대답을 듣지 못했어.」

유세프가 쓰게 웃으며 세연의 흐트러진 머리카락을 쓸어 올리더니 중얼거렸다.

「세연, 말해 줘.」

「유세프…….」

「당신을, 내 것이라 생각해도 되는 거지?」

쿵―

서둘러 그의 이름을 불러 보았지만 소용이 없었다. 유세프는 완강한 어조로 자신의 소유욕을 가감 없이 드러내고 있었다. 세연은 심장이 덜컹 내려앉는 걸 느꼈다.

'내 것'.

누군가의 소유가 된다는 것이 그녀는 어색하기만 했다. 단순한 '물건'으로서 세연을 취급하지 않는다는 것을 잘 알고 있으면서도 여태까지 '사랑'이라는 걸 해 본 적이 없기에 더욱 그랬다.

세연은 확실한 대답을 들려 주길 원하는 유세프에게 그 어떤 말도 할 수가 없었다. 그가 간절히 자신을 원한다는 것을 알고 있음에도 입술이 열리지 않아 오히려 제가 초조해졌다.

「세연, 왜 대답이 없어?」

유세프는 굳은 얼굴을 하고 있는 세연에게 답을 종용했다.

그의 품에 안겨 안락을 느끼고, 환희에 젖어 있었던 세연을 잘 기억하고 있는 유세프는 당연히 그녀가 '그렇다'고 대답해 줄 거라 여겼던 모양이었다.

세연은 달라붙은 듯 움직이지 않는 입술을 열려 애썼지만 몇 번을 시도해도 목소리는 흘러나오지 않았다.

「유……세프, 난…….」

혼돈에 빠진 것 같았다.

아직 확실해지지 않은 마음 때문에, 정리되지 않은 마음 때문에 어지러웠다.

세연은 아름답고 푸른 눈동자가, 원하는 답변을 들려 주지 않는 자신으로 인해 혼탁해지는 것을 발견하곤 참을 수 없는 미안함에 물들었다.

제가 생각해도 이러한 태도는 올바르지 못한 행동이었지만 마음이라는 것은 한 번에 확답을 내릴 수 있는 것이 아니라고 생각했다.

「……미안해요.」

그래서 세연은 말해야만 했다. 대답을 들은 유세프가 경직
된 얼굴로 쳐다보는 게 보였기에 그녀는 말을 덧붙였다.

「나는 혼란스러워요, 유세프. 그래서 아직은 당신의 마음
에 대답해 줄 수가 없어요.」

고작 열흘 정도였지만 두 사람이 함께한 시간은 강렬했다.
강렬하다 못해 열정적이었다.

그렇게 빨리 흘러 버린 적은 처음이었고, 정신없이 빠져든
적도 처음이었다.

그러나 지훈을 사랑했던 마음 역시 진심이었다. 일방적이
었지만 오랫동안 좋아했었다. 적어도 그 마음만큼은 부정하
고 싶지 않았다.

만약 아직까지 세연이 그 섬에 있었다면 유세프와 평생을
보내는 것을 받아들일 수도 있었겠지만 이기적인 인간의 마
음이 그것을 허락하지 않았다.

유세프에게 끌리는 것은 확실하지만 여전히 마음에 남아
있는 지훈에 대한 감정을 처리하는 것이 우선이라고, 세연은
생각했다.

「내 마음을 정리할 시간을, 줄 수 있나요?」

그녀는 간곡히 부탁했다. 유세프는 입을 굳게 다문 채 말

하지 않았다.

「길지는 않을 거예요. 딱 한 번, 얼굴을 보고 말하고 싶거든요.」

「……..」

「유세프, 네?」

사람의 마음이란 갈대 같다.

비행기가 추락할 때나 무인도에 처음 떨어졌을 땐 지훈에게 고백이라도 해 볼걸, 하고 후회했으면서 이렇게 무인도를 벗어나자마자 그런 마음을 품은 것이 죄스럽게 느껴진다.

유세프의 딱딱한 얼굴에서 시선을 뗄 수 없는 것이 바로 그 이유였고, 지나치게 상심한 그가 안타까워서 더 그러했다.

세연은 손을 뻗어 그의 뜨거운 뺨을 쓸었다. 미간을 찌푸리던 유세프의 얼굴이 그녀의 자그마한 손짓에 서서히 누그러졌다.

「당신은…… 약았군.」

그는 제 뺨에 머무르던 세연의 손을 잡아 그녀의 기다란 손가락에 입을 맞추었다.

「그런 얼굴로 부탁하면 안 들어줄 수가 없잖아.」

아.

「하지만 길게 주지는 않을 거야. 나는 인내심이 많지 않거든.」

유세프의 입꼬리가 보기 좋게 올라갔다. 세연은 미소 짓는 그를 따라 옅은 눈웃음을 그렸다.

그때 침실 벽에 달린 스피커에서 유세프가 사용하던 언어의 음성이 들려왔다. 세연을 세게 안으려던 유세프가 멈칫하자 그녀는 가만히 기다렸다.

「뭐라고 하는 거예요?」

방송이 꺼지고 유세프가 후우, 한숨을 내쉬자 세연은 그에게 말을 걸었다. 유세프는 머뭇거리다 말고 친절하게 답해주었다.

「곧, 두바이에 도착할 거라는군.」

✭
✭
✭
✭
✭

여섯

두바이.

아랍에미리트 연방을 구성하고 있는 일곱 개의 나라 중
하나로, '중동의 뉴욕'이라 불리는 대표적인 현대적 상업 도
시. 중동만의 특색과 서양의 문물이 적절한 조화를 이루어져
있는 두바이는 국제적인 관광 도시였다.

꿈이 현실이 되는 곳.

세연이 상상하던 두바이는 적어도 그러했다. 세계 각지에
서 모여 든 외국인들과 만날 수 있으며, 다양한 볼거리가 가
득한 그곳에서 새로운 삶을 시작하려 했었다.

인천을 떠나는 비행기 안에서 두근두근 뛰던 심장 박동 소

리를, 그녀는 여전히 기억하고 있었다. 생생하다 못해 눈앞에 선한 그때의 제 모습을 떠올려 보던 세연은 쓰게 웃었다.

두바이에 도착하기 전 당해 버린 불의의 사고로 인하여 들떴던 마음이 모두 사라져 버렸을 거라 여겼는데. 최종 목적지인 두바이에 도착하니 미세하게 움직이는 가슴의 울림을 막을 수 없었다.

"신세연!"

현재 두바이에서 가장 비싼 호텔이자 지어진 지 이제 갓 1년이 지난 신식 호텔, 그랜드 라쉬 호텔.

비행기에서 내린 직후 사람들에게 이끌려 그랜드 라쉬 호텔의 스위트룸에 들어온 세연은 두바이의 전경을 내려다보고 있었다. 그리고 문이 벌컥 열리며 들려온 반가운 목소리에 고개를 돌렸다.

"세…… 세연, 신세연 맞지? 너 신세연 맞는 거지!"

"희우야."

그렁그렁 맺힌 눈물을 뚝뚝 흘리며 세연을 향해 달려드는 희우는 고생을 꽤나 한 얼굴이었다. 초췌하기 그지없는 그녀를 향해 옅게 미소를 보내자 희우가 엉엉 울며 코앞까지 달려왔다.

세연이 제 눈앞에 있다는 사실이 쉬이 믿어지지 않는지 한참 동안 얼굴을 더듬으며 확인하는 희우 덕분에 간지러워 작게 웃고 말았다.

"정말…… 정말 세연이 너야?"

얼마나 걱정했던 걸까. 눈이 퉁퉁 부어 목소리를 듣지 않았더라면 희우라는 걸 알아차리지 못했을 정도다. 얼굴 밑까지 내려온 다크서클은 그동안 보아 왔던 날들 중 가장 심했다. 세연은 덜덜 떨리는 음성을 뱉어 내며 입술을 움직이는 희우를 향해 미소 지었다.

"응. 나야, 희우야."

"세연아!"

"그래."

"신세연!"

"응응."

"으어엉! 허어엉! 흐읍! 흐아앙!"

아이처럼 울어 버리는 희우를 어떻게 달래 주어야 할지 모르겠다. 세연은 난감한 미소를 지으며 제 어깨를 눈물로 적시는 희우의 등을 슥슥 쓸었다.

'내가 잘못했어!' 부터, '못 찾는 줄 알았어', '사고가 날 줄 알았다면 널 보내지 않았을 거야!', '생존자가 있을 거라곤 생각 못 했어. 포기하고 있었단 말이야', '살아 줘서…… 고마워!' 까지.

살아 있다는 것이 실감 나지 않는지 입술까지 파르르 떨

157

며 말을 잇는 희우를 보자 자신이 정말 돌아왔다는 게 믿어졌다. 세연은 이젠 절대 저를 놓아주지 않겠다는 듯 힘껏 껴안는 희우의 온기를 느끼며 스윽 고개를 들어 올렸다.

'……아.'

엉엉 우는 희우를 달래느라 미처 눈치채지 못했다. 세연은 스위트룸 입구 쪽에서 자신과 희우를 쳐다보고 있는 '그'를 발견했다. 심장이 덜컹 내려앉았다. 그녀는 여전히 울음을 그치지 못하는 희우를 진정시키며 '그'에게 고개를 까딱였다.

'그', 아니, 지훈 역시 그런 세연을 직시하며 고개를 까딱였다. 세연은 왠지 마음이 편해지는 것을 느끼며 입가에 미소를 지었다. 다들…… 걱정하고 있었구나.

"대체 어떻게 된 거야? 하나부터 열까지, 전부 빼놓지 말고 설명해!"

정신 나간 사람처럼 울어 대던 희우가 마음을 가라앉힌 것은 지훈과 함께 스위트룸에 들이닥친 지 네 시간가량이 흘렀을 무렵이었다. 슬슬 해가 저물어 가는 두바이의 저녁 하늘은 붉은빛으로 아름답게 물들고 있었다.

세연은 자신의 손을 세게 붙든 채 눈을 부라리는 희우를 보며 실소가 터져 나오려는 걸 꾹 참았다. 희우는 무슨 일이 있어도 세연이 어떻게 죽음에서 벗어났고, 실종되었던 열흘

동안 어떻게 지냈는지 듣고 말겠다는 표정을 짓고 있었다.

지훈 역시 마찬가지의 얼굴인지라 세연은 한숨을 내쉬며 그간의 일을 대충이나마 설명했다.

어떻게 비행기가 추락하기 시작했고, 그들 외의 사람들이 어떻게 목숨을 잃었는지. 또 세연이 어찌하여 목숨을 건졌고 이름 모를 섬에서 누구와 함께 견뎌 냈는지. 팽글팽글 돌아가던 헬기의 프로펠러를 바라보며 어떠한 생각을 했으며 이곳 두바이에 도착하기까지 무슨 마음을 품고 있었는지, 전부.

유세프와 있었던 개인적인 일들만 빼놓고 차분하게 자신이 겪은 사건들을 늘어놓는 세연을 바라보던 희우는 다시 펑펑 울기도 하고 하하 웃기도 하며 다양한 리액션을 취해 주었다. 지훈도 작지만 조금씩 반응하며 세연의 말에 귀를 기울여 주는 듯했다.

"아, 잠깐!"

그렇게 오랫동안 제 경험들을 늘어놓던 세연은 혼자 뭔가를 골똘히 생각하던 희우가 돌연 말을 끊자 입을 다물었다. 희우는 손을 들어 올리면서까지 세연의 말을 막더니 인상을 쓰며 고개를 갸우뚱거렸다.

지훈이 왜 그러냐고 말을 건네기 직전, 희우는 자리에서 벌떡 일어나더니 스위트룸 현관 앞 테이블에 올려져 있던 신문 하나를 들고 와 세연에게 내밀었다.

"그, 그럼 이게 다 사실이란 말이야?"

세연은 경악한 표정을 짓고 있는 희우를 올려다보았다. 그녀의 시선이 희우의 얼굴에서 서서히 옆으로 옮겨 갔다. 세연의 눈길이 닿은 곳은 희우가 쥐고 있는 오늘자 조간. 한글은 당연히 아니고, 영어는 더더욱 아닌. 아랍어로 적혀 있는 헤드라인이 시야로 들어왔다.

무슨 뜻인지 도통 알아볼 수 없었지만 헤드라인 밑, 사진 속 인물은 확실히 알아볼 수 있었다. 남녀가 각각 찍혀 있었는데 한 명은 세연이 잘 알고 있는 그 남자, 유세프였고 다른 한 명은 세연 자신이었다.

「결국 이곳에 오게 될 줄은 꿈에도 생각하지 못했어요.」

두바이 국제공항에 비행기가 안착하는 걸 지켜보며 세연은 유세프에게 말했다. 창밖으로 시선을 두고 있었지만 자신의 중얼거림에 그의 입술이 씰룩이는 것을 그녀는 놓치지 않았다.

의아한 표정을 짓고 유세프를 응시하자 그는 어떻게 말을 해야 할지 곤란하다는 얼굴로 뒷머리를 긁적이더니 후우, 한숨을 뱉어 내며 말했었다.

「세연, 아직 당신에게 하지 못한 말이 있어.」

「네?」

「사실 나는…….」

그는 난처한 기색을 숨기지 못하고 말을 더듬었다. 유세프
의 그런 모습은 처음이었던지라 세연의 의문은 증폭되어 갔
다. 입 밖으로 무언가 내뱉는 걸 망설이던 유세프가 결심한
듯 주먹을 불끈 쥐자 세연은 귀를 쫑긋거렸다.

그의 벌어진 입술 사이로 생각지 못했던 말이 나올까 걱
정이 되기도 했지만 태연하기로 마음먹고 기다렸다. 유세프
는 고민 끝에 소리를 흘렸다.

「나는 두바이에서 단순히 관광업만 하고 있지는 않아. 눈치챘
을지 모르겠지만 이 비행기는 우리 가문의 전용기 중 하나야.」

「……네?」

세연은 예상치 못한 유세프의 말에 눈을 휘둥그레 떴다.
물론 기내의 승무원들을 대하는 유세프의 태도가 무척 강압
적이고 오만해 보이기는 했으나 거기까진 생각이 미치지 않
았다.

「형이 있다고, 말을 했었지?」

「유세프?」

「우리 형은 수많은 사람들의 미래를 책임지고 있어.」

「무슨 소리를 하는 거예요, 유세프?」

「세연. 혹시 '아라트'라는 나라의 이름을, 알고 있나?」

두바이로 여행을 떠나기 직전 근처의 중동 국가들에 대해 간단히 공부를 했었다. 세연은 유세프의 조심스러운 질문에 당연히 고개를 끄덕였다.

아라트 왕국. 아랍에미리트 연방에 속하진 않지만 아라비아 반도의 북동쪽에 자리 잡은 소왕국의 이름이었다. 군주들이 다스리는 중동의 왕국들 중 꽤나 부유한 편에 속하는 나라를 언급한 유세프의 눈길이 심상찮았다.

세연은 순간 스치는 생각에 얼굴을 굳혔다.

「설마, 당신……!」

세연이 파르르 떨리는 입술로 말을 꺼내자 유세프는 흐리게 웃으며 대답했다.

「아라트는 대대로 라쉬드 가문이 다스리고 있지. 라쉬드 가문의 가주는, 나의 형이자 아라트의 국왕이야.」

왜, 눈치채지 못했던 걸까.

세연은 자신의 아둔함을 탓했다.

돌이켜 보면 힌트는 수없이 많았다. 낚시도 한 번 해 보지 않았을 만큼 손쓰는 일에 익숙지 않다고 말하던 유세프의 표정과, 반드시 자신을 구하러 올 거라 믿고 있던 모습들.

그땐 단지 세연을 안정시키기 위해 뱉어 내는 말인 줄 알았건만, 이제 와 생각해 보니 믿는 구석이 없었다면 불가능한 행동들이었다.

세연은 안전하게 착륙장에 착지한 비행기를 기다리는 수많은 인파를 목격했다. 충격에 비틀거리자 유세프의 손이 허리로 다가왔지만 순간적으로 그의 손을 내리치며 세연은 온몸을 부들부들 떨었다.

「괘, 괜찮아요, 나는.」

거부당한 유세프의 얼굴이 흙빛으로 변하는 걸 발견하곤 그녀는 화장실에 가겠다는 핑계를 대며 자리를 벗어났다. 심장이 미친 듯이 뛰어 견딜 수가 없었다.

화장실 문을 닫자마자 털썩 주저앉은 세연은 적지 않은
시간 동안 그곳에서 벗어나지 못했다.

「왕자 전하! 저 여인은 대체 누구입니까?」

「저 여인과 무인도에서 생활하셨다는 것이 사실입니까?」

「두 분은 어떤 관계이십니까? 혹시, 특별한 관계입니까?」

「전하! 대답 좀 해 주십시오, 전하!」

뒤늦게 두바이행 비행기 추락 사건이 단순한 추락 사건이
아니었다는 것을 알게 된 세연은 비행기에서 내려오면서 그
들을 향해 쏟아지는 수많은 기자들의 스포트라이트를 피할
수 없었다.

유세프와 그녀를 무인도에서 탈출시켜 준 예의 검은 슈트
차림의 장정들이 나타나 두 사람을 호위했지만 완벽히 숨기
는 것은 무리였다.

세연은 손을 들어 제 얼굴을 가려 주는 유세프의 품을 벗
어나고 싶었지만 그러지 못했다.

두 사람은 공항에서 벗어나자마자 유세프 소유의 그랜드
라쉬 호텔로 향했다.

잠깐 볼일을 보고 오겠다던 그와 헤어진 세연은 벌써 열
시간이 넘게 홀로 스위트룸을 차지하고 있었다. 그러던 도중

희우와 지훈이 소식을 듣고 세연을 찾아왔고, 또······.

"세연아?"

상념에 잠겨 버렸다.

경직된 얼굴의 제 모습과 그런 자신을 어떻게든 가려 주려는 유세프의 차가운 얼굴이 박힌 사진을 발견하고.

세연은 대답을 기다리다 지쳐 이름을 부른 희우의 목소리에 생각의 늪에서 벗어났다. '아' 하고 나지막한 탄성을 터뜨린 세연은 어리둥절해하는 희우와 지훈을 차례로 흘긋거린 후 쓴웃음을 지었다.

"미안. 말하던 도중에 잠깐 다른 생각을 해 버렸네."

그녀는 겸연쩍은 표정을 지으며 저와 유세프가 찍혀 있는 신문을 응시했다. 그리고 길게 숨을 내뱉으며 말했다.

"유세프, 그는 내······ 생명의 은인이야."

❋   ❋   ❋

"신 비서. 우리, 얘기 좀 할까?"

어느덧 해는 완벽히 저물어 버렸다. 두바이에서 맞는 첫 저녁이 무척이나 낯설게 느껴져 발코니에서 그 전경을 내려다보던 세연은 등 뒤에서 들리는 목소리에 고개를 돌렸다.

"이사님."

165

넋을 놓고 있던 세연의 눈동자가 초점을 되찾았다. 그녀는 제게로 다가오는 지훈을 향해 짧게 목례를 했다. 지훈은 그럴 필요까진 없다며 손을 휘휘 젓더니 곧 세연의 옆에서 멈추었다.

그는 무슨 일이냐 묻는 세연을 말없이 내려다보다 룸 안에서 열심히 세연의 얼마 남지 않은 물품을 챙기고 있는 희우를 흘긋거렸다.

"희우가…… 걱정을 많이 했었어."

지훈은 여전했다. 그의 입에서 흘러나오는 말은 항상 '희우'로 시작했다. 예전 같았더라면 속이 쓰려 미칠 것 같았겠지만 이번에는 이상하게도 심장이 아프지 않았다. 세연은 헛웃음을 터뜨릴 뻔했다.

그런 심정을 아는지 모르는지, 그는 말을 이었다.

"신 비서의 사고 소식을 접하고 식음도 전폐하고 현장으로 달려가자며 졸라 댔지. 다행히 두바이 출장 일정이 잡혀 있던 터라 제때 도착할 수 있었어. 사실 일정을 조금 앞당기긴 했지만…… 어쨌든 늦진 않아서, 수색 경과를 지켜볼 수는 있었지."

"아……."

"희우 녀석, 잔흔도 없을 거라며 포기하라던 현지 해경들의 말도 믿지 않더군. 신 비서는 꼭 살아 있을 거라며, 왠지 그런 느낌이 든다고……. 이제 와 하는 말이지만, 희우가 옳았지."

"……님은."

"응?"

"이사님은, 어떻게 생각하셨어요?"

지훈의 눈동자가 동그래졌다. 무슨 소리를 하는지 모르겠다는 표정이다. 세연은 실소를 삼키며 물었다.

"제가 살아 있을 거라고…… 생각하셨어요?"

그의 얼굴에 당혹감이 번져 갔다. 지훈은 저를 똑바로 응시하는 세연에게 몇 번이고 무어라 말을 하려다 말았다. 그렇게 입술을 벙긋거리던 그는 긴 숨을 흘리며 답했다.

"일주일…… 전까지는."

현실적인 답변이었다. 세연은 픗 웃어 버리고 말았다. 지훈의 얼굴이 딱딱하게 변하는 게 보였다. 세연은 미소를 지으며 말했다.

"이해해요. 충분히 그럴 수 있는 걸요."

"하지만 희우는……."

"그 애는 긍정적인 애니까요. 이사님은 지극히 이성적인 분이시잖아요."

"신 비서."

세연은 지훈의 말을 끊었다. 그리고는 시선을 돌려 어둠 속에서 반짝이는 두바이의 저녁 풍경을 응시했다.

"추락하는 비행기 속에서, 생각했어요. 하고 싶은 말을 하지 못하고 죽어 버리는 건 마지막까지 후회되는 일이라고. 만약에, 아주 만약에 기적처럼 살게 된다면 속에만 담고 살았던 말을 입 밖으로 꺼내려 했었어요."

그녀는 몸을 돌렸다. 지훈과 그녀의 눈이 허공에서 마주쳤다. 세연은 일렁이는 그의 검은 눈동자를 직시했다. 지훈의 낯빛이 어두워지는 것을 확인하면서도 세연은 멈추지 않았다.

"이사님."

세연은 두 주먹을 움켜쥐었다. 용기가 필요한 말이었다. 그녀는 대답 없는 지훈에게서 시선을 떼지 않고 말했다.

"좋아했어요."

오랫동안.

"아주 많이."

당신을.

❋　　　❋　　　❋

"분위기가 왜 이래?"

살얼음판을 걷는 것만 같은 분위기를 깬 사람은 희우였다.

짐을 챙겨 들고 스위트룸을 벗어나 엘리베이터 앞에 선 두 남녀의 얼굴이 지독하게 싸늘하다는 것을 깨달은 희우는 좌우로 눈동자를 굴리며 도톰한 입술을 달싹였다.

세연은 고개를 돌려 희우를 응시했다.

"뭐가 어때서?"

"아니. 두 사람 꼭, 싸우기라도 한 것 같잖아."

'귀신같네.'

"뭐야. 아까 발코니에서 무슨 일 있었어?"

희우가 미간을 찌푸리며 그녀에게 얼굴을 들이밀었다. 세연은 그저 웃기만 했다. 지훈은 뻣뻣하게 선 상태로 아무 말도 하지 않았다. 답답한 것은 희우였다.

"뭐야, 정말! 진짜 싸운 거야? 진짜로?"

"그런 거 아니야."

보다 못한 지훈이 희우를 달래려 입을 열었다.

"그런데 분위기가 왜 이런 건데?"

"……."

"서지훈! 신세연!"

호기심 많은 친구는 이런 점이 불편하다. 세연은 얼른 제 의문을 풀어 달라며 소리치는 희우에게 옅은 미소를 보냈다. 마침 엘리베이터가 멈춰 서지 않았다면 희우는 계속해서 두 사람을 들들 볶았을 것이다.

세연은 드르륵 열리는 엘리베이터 문을 가리키며 말하려 했다.

"얼른 타……."

희우를 재촉하려던 세연의 말은 엘리베이터 문 사이로 등장한 남자를 발견하곤 끊어졌다. 귀에 익은 음성에 남자의 오만하고도 아름다운 푸른색 눈동자가 움직였다.

세연은 쿵쿵 심장이 들썩이는 걸 느끼며 어금니를 악물었다.

「세연!」

그가, 유세프가 세연을 발견하곤 엘리베이터에서 다급히 발을 움직였다. 세연은 놀라 뒤로 물러났다. 상황을 예의 주시하던 지훈이 새하얗게 질려 버린 세연의 앞을 가로막았다.

「……!」

밝은 얼굴로 다가오던 유세프가 그의 시선을 피해 버린 세연과 그녀를 보호하듯 막아선 지훈을 발견하곤 걸음을 멈추었다. 순간적으로 당황하던 그는 금세 얼굴을 차갑게 굳히더니 서늘한 음성을 흘렸다.

「뭐하는 짓이지?」

두근두근— 심장이 터질 듯 부풀어 올랐다. 입술이 바짝 말라 갔다. 희우는 현재 상황을 흥미롭게 주시하고 있었다. 졸지에 두 남녀를 가로막아 버린 지훈은 적대적인 눈빛을 띠고 있는 유세프를 향해 손을 내밀었다.

「처음 뵙겠습니다, 왕자 전하. 서지훈이라고 합니다.」

지훈은 유창한 영어를 사용하며 유세프에게 말을 걸었다.
유세프의 얼굴이 더욱 일그러졌다.

「우리 신 비서의 은인이라고 들었습니다. 정말 감사합니
다.」

「…….」

「왕자 전하가 아니었더라면 신 비서를 잃을 뻔했습니다.
다시 한 번 감사를…….」

「……이.」

「네?」

「왜 당신이, 고마워하는 건지 모르겠군.」

날이 선 말투.

내민 손을 잡을 생각 따위 하지 않는, 퉁명스럽기 그지없
는 차가운 어조에 지훈을 비롯한 세연 역시 화들짝 놀랐다.
희우는 호오, 하고 낮은 탄성을 터뜨렸다.

유세프는 서슬 퍼런 눈빛을 숨기지 않았다.

「당신이 세연의 가족이라도 되는 건가? 아니면 애인이라
도…….」

「유세프!」

세연은 다급하게 외쳤다. 유세프는 그제야 앞으로 나온 세

연을 흘겨보더니 흥, 하고 콧방귀를 뀌었다. 그녀는 몹시 당황한 표정을 지으며 지훈에게 사과의 목례를 했다.

세연의 이름을 크게 부른 유세프가 마음에 들지 않는다는 기색을 숨기지 않았지만 세연은 개의치 않았다.

「어떻게 온 거죠?」

지훈에게 괜찮다는 눈빛을 보낸 뒤 짧게 숨을 고른 세연은 유세프를 올려다보았다. 유세프의 미간이 살짝 좁아졌지만 그는 태연하게 그녀의 말을 받아쳤다.

「그건 무슨 뜻이지? 내가 못 올 곳이라도 온 건가?」

「유세프.」

「기다리라고 한 곳은 여기가 아닐 텐데. 왜 나와 있는 거지, 세연?」

세연에게 말을 하면서도 눈은 여전히 지훈을 향해 있는 그는 경계를 늦추지 않고 있었다. 세연이 기억하고 있던 다정하고 상냥한 모습과는 전혀 달랐다.

찬바람을 쌩쌩 풍기는 그를 어떻게 대해야 할지 몰라 시선을 떼지 못하던 세연은 질투를 마음껏 드러내는 어린아이 같은 모습에 무의식적으로 실소를 흘렸다.

그녀는 냉정한 눈동자를 그에게 고정시키며 입술을 열었다.

「원래 가려던 호텔로 숙소를 옮기려고 해요. 예약해 둔 곳이 있는데 거길 쓰지 않는 게 이상하잖아요.」

「그게…… 무슨 소리야?」

「배려, 고마웠어요. 유세프.」

세연은 놀라 인상을 쓰는 유세프의 곁을 지나치며 엘리베이터에 올라타려 했다.

「세연!」

하지만 세연이 완전히 엘리베이터 안으로 들어서기 직전, 유세프가 그녀의 손목을 낚아채며 자신의 품으로 끌어당겼다.

「유세프, 아파요!」

「어딜 간다는 거야?」

「일전에 예약했던 호텔이요. 여기는…….」

「불편한가?」

직설적인 유세프의 물음에 얼굴이 화끈거렸다.

불편? 굳이 따지면 그렇다고 할 수도 있었다. 세연은 요동치는 그의 벽안을 빤히 응시했다. 불쾌함이 가득한 유세프의 푸른 눈동자가 일렁이고 있었다.

미친 듯이 심장이 뛰었다. 세연은 크게 심호흡을 하고 대답했다.

「네.」

「……!」

「숙소를 옮기고 싶어요. 나중에…… 다시 연락하도록 할 게요. 그러니…….」

「저기, 말씀 중에 죄송한데 말이에요.」

세연의 대답에 충격을 받은 유세프가 말을 잇지 못하는 사이 치고 들어온 사람은 희우였다. 세연은 생글생글 웃으며 자신과 유세프를 가로막고 선 두 사람을 번갈아 응시하는 희 우를 향해 미간을 좁혔다.

희우는 물러나라는 세연의 암묵적인 눈길에도 불구하고 끄떡하지 않으며 하얀 이를 드러내곤 씩 미소 지었다.

「다들 배, 안 고파요?」

✳   ✳   ✳

「왕자 전하의 풀 네임이 뭐라고 하셨죠?」

희우의 질문에 나이프로 스테이크를 썰고 있던 세 사람의 행동이 멈췄다. 조마조마하게 희우를 쳐다보는 지훈과 굳어 진 세연, 싸늘한 기운을 대놓고 풍기는 유세프까지.

저를 뺀 나머지 사람들이 현재 이 상황을 꽤 불편해하고 있다는 것을 잘 알고 있음에도 희우는 여전히 웃고 있었다.

세연은 아슬아슬 외줄을 타는 듯한 긴장감에 말없이 침을 꿀꺽 삼켰다. 유세프가 피식 실소를 터뜨리며 대답했다.

「유세프 빈 이브라힘 알 라쉬드.」

'어?'

「그게 내 이름이야.」

물음은 희우가 던졌음에도 유세프의 시선이 닿은 곳은 그의 앞에 마주 앉아 있는 세연이었다.

세연은 유세프의 입술이 움직일 때마다 정신없이 반응하는 자신의 심장 박동을 억제하려 애썼지만 쉽지 않았다. 점점 버티기가 힘들어지고 있었다.

세연은 매우 커 보이는 스테이크 조각을 자르는 데 집중하기로 했다.

「바꿔.」

「네? 괜찮…….」

하필 질긴 부위였는지 아무리 칼질을 해도 도통 잘리질 않는 스테이크를 끙끙거리며 주시하는 세연을 향해 유세프가 손을 뻗었다.

그는 세연이 괜찮다고 고개를 젓기도 전에 스테이크가 든 접시를 빼앗아 가더니 자신 앞에 놓여 있던 접시를 세연에게 건네주었다.

세연은 보기 좋게 썰린 스테이크 조각을 응시하다 태연하게 칼질을 하는 유세프를 바라보았다.

「왕자 전하께서는 매너가 참 좋으시네요.」

떨리는 눈빛으로 그를 응시하던 세연은 두 사람의 모습을 지켜보며 쿡쿡거리는 희우의 말에 정신을 차렸다. 얼굴이 붉어지는 바람에 쥐구멍으로 숨고 싶을 정도였다.

「그런데 여기는 손님이 별로 없나 봐요? 이렇게 맛있는 스테이크는 난생처음인데 말이죠!」

뭐가 그리 신이 났는지, 희우는 지금 이 순간을 즐기는 것이 확실했다. 머리가 지끈거려 입을 꾹 다물던 세연은 대수롭지 않게 대답하는 유세프의 말을 들었다.

「식사에 방해가 될 인물들은 모두 쫓아냈어.」

「……네?」

「방해는 딱 질색이거든.」

두근, 가슴이 일렁였다. 세연은 저를 흘끔거리며 피식 웃던 유세프가 왜 미소를 짓는 건지 알아차렸다. 그는 비행기에서의 일을 떠올리고 있었던 것이다. 숨이 컥 막혀 와 세연은 입술을 잘근 깨물었다.

「왜들 그러고 있지? 식사, 안 할 건가?」

유세프는 갑자기 포크질을 멈춘 세연을 놀란 눈으로 응시하고 있는 두 사람에게 싱긋 웃으며 말했다. 덕분에 팽팽한 긴장감이 감돌던 식사는 다시금 이어졌다.

세연은 이렇게 있다간 체하는 것은 시간문제라고 생각했다.

이렇게 힘든 저녁 식사는 평생 단 한 번도 없었다. 지훈의 비서 생활을 하며 각 업계에서 소문난 진상 사장들을 접대해 왔지만 오늘만큼 불편하지는 않았다.

세연은 등 뒤로 식은땀이 주르륵 흘러내리는 것을 느꼈다. 얼른 식사를 끝내고 숙소로 돌아가고 싶었다.

비행기에서 샤워를 했고, 유세프를 기다리는 동안 잠깐의 휴식을 취했지만 아직 세연은 피곤에 절어 있었다.

타인의 시선이 없는 안락한 장소가 필요했고 예약해 둔 호텔은 아직 날짜가 남아 있었다.

마음 편히 쉬려고 했었는데 어쩌다 일이 이렇게 된 건 지…….

「왕자 전하, 실제로 뵙게 된다면 꼭 여쭤 보고 싶은 것이 있었는데…… 지금 이 자리에서 말해도 될까요?」

세연은 마지막 스테이크 조각을 완벽히 입안으로 밀어 넣었다. 그리고 참다못해 일어나려던 순간 들려온 희우의 말에 행동을 멈췄다.

유세프가 말하라는 듯 눈짓하자 희우는 입을 열었다.

「그, 무인도에서 말이에요.」

……어?

「정말로 단순한 생존 행위 말고는…… 아무 일도 없었나 요?」

"양희우!"

저도 모르게 자리에서 벌떡 일어나 영어가 아닌 한국어로 외치고 말았다. 세연은 과감하게 의문을 풀려고 하는 희우를 노려보며 얼굴을 일그러뜨렸다.

희우는 '궁금하잖아' 하고 싱긋 웃으며 다시 유세프를 바라보았지만 세연의 표정은 더욱 험악해졌다.

'아무 일도 없었다고 말해요, 유세프.'

더는 복잡한 상황을 만들고 싶지 않았던 세연은 유세프에게 눈빛을 쏘아 댔다. 유세프는 여유롭게 잔을 들어 그 속에 든 차가운 물을 마시더니 우아하게 잔을 내려놓고 붉은 입술을 달싹였다.

「없었을 리가, 없지.」

「어머, 그게 무슨 뜻이에요?」

「궁금하나?」

「당연하죠! 세연인 도통 말해 줄 생각을 안 하는걸요. 아무리 물어도 '살아남으려 노력했어'라는 말밖에는 안 해 준다고요. 그러니 왕자 전하께서 말씀해 주시면 제가 아주 기쁠 것 같네요!」

세연을 향해 혀를 끌끌 차던 희우는 두 눈을 빛내며 유세프의 말이 이어지길 기다렸다. 흥미를 보이는 희우에게 대꾸해 주던 유세프는 입가에 짙은 미소를 걸며 지훈을 흘끔거렸다.

「그래? 좋아. 그럼 내가 진실을 말해 주도록 하지. 그곳에서 세연과 내가 어떤 일을 겪었⋯⋯!」

지훈은 무표정한 얼굴로 앉아 있었지만 희우에게 온 신경을 집중하고 있었고, 세연은 한계치에 도달한 심장 박동을 막지 못했다. 유세프가 희우의 닦달에 못 이겨 입술을 떼려는 순간 세연은 다가가 유세프를 일으켰다.

"세연아, 너 뭐해?"

희우가 유세프와 시선을 주고받는 세연에게 말을 건넸다. 세연은 차가운 시선으로 희우를 노려보더니 이내 유세프를 직시하며 말했다.

「따라와요.」

유세프는 강압적인 세연의 말에 일언반구 없이 그녀의 뒤를 따랐다.

❋   ❋   ❋

「난 당신이 이렇게 유치한 사람인 줄 몰랐어요, 유세프!」

얼마나 걸어왔을까.

인적이 드문 레스토랑을 벗어나 비상구를 통해 객실 근처까지 올라온 세연은 꽉 움켜쥐고 있던 유세프의 손목을 놓으며 외쳤다.

179

상기된 얼굴로 바락바락 소리를 질러 대는 세연은 흥분해 있었지만 유세프는 아무 말도 하지 않은 채 그저 세연을 바라보았다.

　「상냥한 사람인 줄 알았어요. 다정한 사람인 줄 알았다고요! 조금 전 레스토랑에서, 아니, 스위트룸 앞에서 일어났던 일은 내가 아는 당신이 아닌 것만 같았어요! 그런 무례한 행동은 저를 부끄럽게 하는 일이에요! 난 희우에게 우리의 일을 말하지 않았다고요! 그런데 왜…… 왜!」

　세연은 믿어지지 않는다는 얼굴로 소리쳤다. 유세프는 미동하지 않았다.

　「모르겠어요. 난…… 당신이 어떤 사람인지 모르겠어!」

　「…….」

　「유세프, 당신은 어떤 사람이죠? 내가 알고 있는 사람이 맞기는 한 건가요? 아니면, 또 내게 숨기는 것이 있는 건가요? 네? 말해 봐요, 유세프! 또 내게 뭘 숨기고 있는 거죠? 혹시 한 나라의 왕족인 걸로도 모자라 왕위 계승 1순위라도 되는 거예요? 그런 거예요?」

　지독하게 아름다운 남자라는 것은 처음 본 순간부터 알 수 있었다. 사소한 행동에서 뿜어져 나오는 고귀한 분위기를 미처 파악하지 못한 것은 분명 세연의 잘못이었다.

　무인도에서, 유세프의 입술 사이로 흘러나온 '라쉬드' 라

는 단어가 왠지 모르게 익숙하게 느껴졌던 걸 크게 개의치
않은 것이 실수였다.

호기롭게 중동을 여행할 거라고 마음먹은 후 알아보았던
여행지 주변 국가들에 대한 설명에, 분명 그 단어가 있었음
에도 불구하고. 바보같이.

「그랬군.」

유세프는 씩씩거리며 어깨까지 들썩이는 세연을 내려다보
다 중얼거렸다.

「그래서 당신이 화가 난 거였어.」

세연은 미간을 좁혔다.

「무슨 소…… 뭐예요. 왜, 다가오는 거죠?」

「세연.」

「싫어요. 다가오지 말아요.」

「……세연.」

「다가오지 말라니까…….」

그의 얼굴에 드리워졌던 어두운 그늘이 순식간에 걷혔다.
세연은 왠지 후련해 보이는 그를 보며 인상을 썼지만 어느새
코앞까지 다가온 유세프를 막기는 힘들었다.

들이대는 유세프를 피하던 세연은 뒷걸음질 치다 막다른
벽에 등을 맞대었고, 유세프는 벽에 손을 댄 채 세연을 향해
얼굴을 가져다 댔다.

'아…….'

유세프의 강렬한 체취가 코끝으로 스며들었다. 그녀의 모든 사고회로를 마비시키는 그만의 향기가 목을 죄어 왔다. 숨을 쉴 수가 없었다. 그에게 취해 눈앞이 빙그르르 돌아 버리는 것만 같았다.

세연은 닫혀 있던 제 입술 틈으로 파고드는 그의 붉은 혀를 막지 못했다. 유세프는 세연의 혀를 옭아매며 그 안의 것을 강하게 빨아 당겼다. 찌릿한 전율이 세연의 혈관을 타고 흘렀다.

그녀는 고작 키스 한 번에 후들후들 떨리는 다리를 지탱하기 위해 억지로 힘을 주어야만 했다.

'안…… 돼!'

아무 생각도 할 수 없었다. 유세프와 입을 맞추고 있는 동안은. 그에게 빠져든다면 지훈에게서 느꼈던 좌절감보다 더한 상실감을 느낄 수 있을 거라 세연은 확실했다.

그래서 일부러라도 차갑게 대하고 싶었건만 이 남자는 그런 제 마음을 알아차렸는지 더욱 가까이 다가왔다.

세연은 입안을 휘저어 버리는 유세프의 달콤한 체액을 꿀꺽 삼키며 흐려지는 시야를 바로잡기 위해 눈을 크게 떴다. 세연은 자신의 얼굴을 양손으로 붙잡고 있던 유세프의 가슴을 있는 힘껏 밀쳤다.

「시, 싫어!」

「······!」

하아, 하아. 거친 숨을 몰아쉬며 유세프를 떼어 낸 그녀는 제게서 떨어져 나간 뒤 넋을 놓고 있는 그를 똑바로 쳐다보지 못했다.

온몸이 펄펄 끓어 미쳐 버릴 것 같았다. 몸속 세포 하나하나가 눈앞의 남자를 원한다고 외치고 있었지만 세연은 무시하려 노력했다.

그녀는 떨리는 음성으로 자신의 이름을 내뱉는 유세프를 바라보기 위해 고개를 들어 올렸다. 냉정하고 차가운 말투와 함께.

「나는, 더 이상······ 당신과 얽히고 싶지 않아요.」

그의 아름다운 벽안이 흔들렸다. 가슴이 찢어질 듯 아파와 세연은 입술을 세게 억눌렀다.

「우리의 인연은 여기까지예요, 유세프.」

하지만 멈추지 않고 말을 이었다.

「그게 내, 대답이에요.」

유세프는 쉽게 답하지 못했다. 세연은 현기증이 이는 걸 꾹 참고선 등을 돌렸다.

「안녕, 유세프.」

많지는 않았지만 딱 한 번의 경험으로 충분했다.

혼자 하는 사랑이 얼마나 힘들고 가슴 아픈지 세연은 너무도 잘 알고 있었다. 그래서 그에게 손을 뻗을 수 없다. 제 자신이 그를 얼마나 원하고, 또 얼마나 좋아하는지는 별개의 문제다.

그는 한 나라의 왕자. 그 나라가 소국이든, 대국이든 상관없었다. 유세프는 어쩌면 차기 왕위를 이을 수도 있는 고귀한 신분. 그런 사람과 연을 이어 가기에 세연은 너무도 작고, 나약했다.

그녀는 스스로 자신의 가치를 파악하는 데 도가 튼 사람이라고 여겼다. 그랬기에 여기서 이별을 고해야 했다. 그를 위해서, 그리고 그녀 자신을 위해서도 이 길이 올바른 길이었다.

세연은 눈앞에 가득 차오르는 눈물을 흘리지 않으려 애쓰며 유세프를 스치려 했다.

그러나 그는 세연이 제 옆을 지나가도록 허락하지 않았다. 또각또각 걸음을 옮기려던 세연은 제 팔을 세게 잡아 버리는 유세프로 인해 비틀거렸다.

그녀가 당황하여 그의 이름을 크게 불렀지만 유세프의 얼굴엔 표정이 없었다. 세연의 심장은 그 모습을 발견하고 쿵 내려앉았다.

「유세프!」

그는 세연의 팔을 잡아챈 후 어디론가로 걸음을 옮겼다. 자연스레 세연은 유세프를 따라 움직였다.

「유세프, 아파요!」

그녀가 아무리 불러도 유세프는 요지부동이었다. 자신이 원하는 곳에 도착하기 전까지는 절대로 멈추지 않을 기세였다.

「유세프! 유세프!」

세연은 목청껏 그의 이름을 불렀지만 유세프는 반응하지 않았다.

그의 이름을 부르며 실랑이를 벌이던 세연은 한참을 더 걸어온 그가 도착한 곳이 불과 몇 분 전까지 자신이 머물고 있던 스위트룸이라는 것을 뒤늦게 알아차렸다.

「유……세프?」

유세프는 방문 앞에 있던 검정 슈트의 장정들을 향해 고개를 까딱였다. 장정들은 기다렸다는 듯 스위트룸의 문을 열었고 세연은 유세프의 손길에 끌려 그곳으로 들어갔다.

달칵, 철컥! 두 남녀가 스위트룸 안으로 들어서자마자 문이 닫혔고, 유세프는 그 문을 걸어 잠갔다.

「악!」

그의 표정이 심상찮다는 것을 본능적으로 직감한 세연이 유세프의 손에서 빠져나가려 했지만 소용없었다.

그녀는 자신을 침대로 밀쳐 버리는 유세프의 행동에 단말
마의 비명을 질렀다.

쿵쿵.

연신 요동치던 심장이 제어 불가능한 상황으로 치닫기 시
작했다. 세연은 저를 침대에 눕히고는 입고 있던 옷을 훌훌
벗어 던지는 유세프에게 눈을 치켜떴다.

「지금…… 뭐하는 거죠?」

눈 깜짝할 사이에 완벽하게 상의를 탈의한 유세프는 세연
의 위로 올라타며 냉랭한 시선을 보냈다. 그는 창백한 얼굴
의 세연을 향해 낮게 속삭였다.

「알려 줄 거야.」

질식당한다.

「아무리 거부하려 해도…….」

그가 흘리는 아찔한 유혹에.

「당신은 날 원하고 있다는 걸.」

속절없이 빠져드는, 자신을 발견한다.

「알려 주겠어.」

일곱

"흐읍!"

벗어날 수 없도록 강하게 옭아매는 혀가 그녀를 죄여 왔다. 신음을 흘리는 세연의 미간은 찌푸려져 있었다. 유세프는 벌어진 그녀의 입안을 더욱 깊게 파고들었다.

두 사람의 체액이 한데 섞여 구분이 가지 않을 만큼 그는 그녀를 탐하고 또 탐했다. 모든 것을 빨아들일 듯 헤집으면서도 만족하지 못하는 남자는 한 마리의 야수와도 같았다.

세연은 펄펄 끓는 그의 온기를 느꼈다.

「하아, 유세…… 으읏!」

그를 막으려고 손을 뻗어 보았지만 곧 세연의 말은 끊어졌다. 유세프는 세연이 저를 향해 뻗은 기다란 손가락을 움켜쥐더니 그녀의 입술을 핥던 혀를 그곳으로 향했다.

검지와 중지 사이를 파고들며 자극하는 유세프로 인해 세연은 탄성을 내질렀다. 그는 세연의 손가락뿐 아니라 손끝까지 입안에 넣으며 그녀를 향한 소유욕을 과감하게 드러냈다.

심장이 제멋대로 뛰어 세연은 참을 수가 없었다.

「그, 그만…… 흐윽, 그만…… 하!」

유세프는 점점 통제 불능 상태로 치달았다. 손을 점령한 후 순식간에 세연의 겉옷을 벗겨 버린 그는 하얗게 드러난 세연의 팔을 핥았다.

손톱부터 시작된 유세프의 유혹이 이어지고 있었다. 어깨까지 다가온 그가 뜨거운 입김을 뿜어내자 세연은 눈앞이 흐려졌다.

'안…… 돼…….'

이성은 외치고 있었다. 지금, 유세프의 품에 안겨 버린다면 영영 그를 떠날 수 없을 거라고. 그러니 절대로 허락해선 안 된다고. 마음을 열어선, 아니 된다고.

세연은 마지막 남은 이성을 끝까지 붙들려 애썼다. 브래지어의 끈이 풀려 과실이 그에게 여지없이 드러나자 양팔로 몸을 가렸다.

유세프가 마음에 들지 않는 듯 인상을 썼지만 세연은 입술만 꽉 깨문 채 움직이지 않으려 했다. 그녀를 말없이 내려다보던 유세프는 세연의 굴곡진 가슴골에 얼굴을 파묻었다.

"하앗!"

깊게 파인 가슴골을 핥는 그의 입술은 세연으로 하여금 현기증이 일게 만들었다.

그는 주저하는 세연과는 달리 망설이지 않았다. 자신이 얼마나 그녀를 원하고, 또 얼마나 그녀를 향한 갈증으로 목말라 있는지 보여 주었다.

세연은 자꾸만 벌어지려는 팔을 억지로 붙들었지만 부르르 떨리는 팔에서 힘이 점점 빠져나가는 것을 막지 못했다.

"큭!"

결국 그녀는 힘없이 끼고 있던 팔짱을 풀어 버렸고 유세프는 그 틈을 놓치지 않았다.

"하앙! 으흡!"

유세프의 속으로 세연의 봉긋 솟은 가슴이 들어갔다. 용광로 같은 그의 입안에 제 가슴이 들어가자 세연은 짜릿한 전율이 감도는 것을 느꼈다.

유세프는 흥분에 몸서리치는 세연의 유두 근처를 혀끝으로 괴롭혔다. 원을 그리기도 하고 세게 흡입하기도 하며 그녀를 환희로 몰아갔다.

세연의 이마에 송골송골 맺혀 있던 땀방울이 주르륵 흘러내렸다. 오른쪽 언덕을 희롱하던 유세프는 장소를 옮겨 왼쪽을 점령하기 시작했다.

세연은 자신의 한계를 시험하는 그가 원망스러웠다. 그러면서도 한편으론 그를 너무도 원하는 스스로를 자각했다.

그녀는 원하고 있었다.

다른 사람이 아닌 그를.

유세프를, 원한다.

그가 자신을 안아 주기를 원하며, 그 넓은 가슴에 얼굴을 파묻고 싶었다. 세연은 끓어오르는 충동을 제어하기 위해 노력했다.

입술을 물어뜯기도 하고, 어금니를 악물기도 하며 서서히 아래로 내려가는 그에게 반응하지 않으려 참고 또 참았다. 하지만……

"하아!"

그럴 수가 없었다.

「유…… 유세프, 그만, 하아, 그만…… 흣!」

그녀의 말은 끝을 맺지 못했다. 말랑했던 그녀의 유두를 딱딱하게 솟아 버린 상태로 만들어 버린 그가 붉은 낙인을 쏙 들어간 배꼽 근처에 새기려 했다. 숨을 토해 냈지만 그마저도 삼켜졌다.

계속해서 신경을 건드리는 남자의 행동 하나하나가 세연

을 마비시켰다. 유세프는 흥분하여 몸부림치는 세연의 마지막 남은 천 쪼가리를 스윽, 벗겨 냈다.

유세프의 맑고 깊은 벽안 속에 세연의 은밀한 부위가 비춰졌다. 세연의 얼굴이 붉게 달아올랐다. 그는 눈 한 번 깜빡이지 않고 세연의 여성을 뚫어져라 응시하고 있었다.

혈기가 들끓어 세연은 윗니로 아랫입술을 세게 짓눌렀다. 그의 뜨거운 눈빛에 녹아내리기 직전이었다.

「하아, 유세……프.」

「…….」

「알겠어요, 홋, 알겠으니까…… 제발 그만해요. 네?」

몸을 부르르 떨며 흐릿해진 눈동자를 그에게 고정시켰다. 세연은 차오른 숨을 힘겹게 뱉어 내며 유세프에게 애원했다.

그는 대답하지 않았다. 유세프의 시선이 향해 있는 곳은 세연의 눈이 아닌 허리 밑, 은밀하고도 비밀스러운 그녀의 검은 숲이었다.

세연은 촉촉이 젖어 체액이 흘러나오고 있는 자신의 여성을 작은 손으로 가렸다. 유세프의 미간이 그제야 꿈틀거렸다.

「세연.」

달콤하고도 다정한, 그러나 강압적이면서 오만한 그의 음성이 세연의 고막을 울렸다. 세연은 유세프가 흘리는 미성에 정신을 차렸다.

「나를 봐, 세연.」

정중하나 결코 상냥하지는 않은 느낌의 영국식 발음이 그녀를 일깨웠다. 아래로 내리려던 눈꺼풀에 힘을 주었다. 찬란하게 빛나는 푸른색의 눈동자가 세연을 향하고 있었다.

잘생겼다기보다는 아름답다는 인상을 주는 남자는 번들거리는 붉은 입술로 속삭였다.

「내가, 누구지?」

그는 세연의 양 뺨을 세게 잡은 채 물었다. 뒤죽박죽인 그녀의 뇌리에 자신의 존재를 선명하게 각인시키겠다는 듯한 말투가 세연의 가슴을 부풀어 오르게 만들었다.

쿵쿵, 견딜 수 없는 남자의 존재가 세연의 머릿속에 가득 들어찼다.

그는…… 유세프.

유세프 빈 이브라힘 알 라쉬드.

아라비아반도 내에 위치한 소국의 왕자이자 두바이에서 알아주는 최신식 호텔의 오너. 왕실 전용기를 타고 지구를 여행하는, 세계에서도 알아주는 부자 중의 부자. 아랍인의 이름을 가졌지만 생김새는 서양인에 가까운 다비드 조각 같은 남자. 짙은 갈색의 머리카락 아래 아쿠아마린과도 같은 눈동자를 가진 사람. 칼날처럼 오똑 솟은 콧날과 탐스럽게 익은 붉은 입술이 매력적인, 세연의 생명의 은인.

「……프.」

쿵쿵, 귓가가 얼얼할 정도로 뛰어 대는 심장의 고동 소리가 세연을 잠식했다.

그녀의 두 눈은 홀려 버린 듯 고정되어 있었고 그 역시 마찬가지였다. 세연은 자신이 흘린 것이라고는 생각되지 않는 쉰 듯한 목소리로 그의 이름을 불렀다.

가만히 세연의 대답을 기다리던 유세프의 입꼬리가 스윽 올라가는 게 보였다. 그는 신사와도 같은 미소를 지으며 세연의 젖어 있는 틈을 파고들었다.

"아흑!"

기다란 손가락이 세연의 여성 안을 침범했다. 그녀를 너무도 잘 알고 있던 남자는 다리를 오므리려는 세연의 돌기를 지분거리며 더욱 깊게, 깊숙하게 손가락을 밀어 넣었다.

"하앗, 흐윽, 읍, 하아……!"

퍽퍽, 여성 안을 휘젓는 그의 손길은 자비롭지 못했다. 내벽을 긁는 것 같은 흥분이 세연의 전신으로 퍼져 갔다.

그녀는 야릇한 신음을 흘리기도 하고 몸을 배배 꼬기도 하며 끊임없이 자신을 자극하는 그를 저지하려 애썼다. 그러나 끝내 함락되어 가는 스스로를 발견했다.

제 몸에서 흘러나온 꿀물이 유세프의 혀끝에 닿았다. 세연은 교태로운 탄성을 뱉어 냈다.

「세연.」

그의 입술 사이로 흘러나오는 자신의 이름은 더할 나위 없이 사랑스럽다. 제 이름이 이토록 와 닿은 적은 없었다.

세연은 클리토리스를 빨아들이는 유세프의 흐트러진 머리카락을 붙잡았다. 그녀를 희롱하며 달아오르게 만든 남자가 서서히 고개를 들자 세연은 눈망울 끝에 맺힌 물방울을 톡 떨어뜨리며 갈라진 음성을 흘렸다.

「……줘요.」

세연은 간절하기 그지없는 눈빛을 보냈다. 그의 파란 눈동자가 흔들렸다. 풍랑을 만난 듯 요동치는 그 동공에서 눈을 떼지 않고 세연은 말을 이었다.

「넣어, 하아, 줘요…… 유세프!」

참지 못한다.

견딜 수 없다.

자신은, 이 남자에게서 결코 벗어나기 힘들다는 것을, 인정해야만 한다.

그가 저를 채워 주었으면 좋겠다. 달아오른 제 몸을, 이 남자가 가득 채워 주었으면 좋겠다. 세연은 몸을 일으키는 그를 향해 두 팔을 뻗었다.

유세프가 욕망에 쌓인 시선으로 세연에게 다가왔다. 그녀는 그의 팔에 목을 걸었다. 동시에 허리가 들렸고 몸은 유세프에게 쏟아졌다.

「그래, 세연.」

벽안의 남자는 부드럽게 세연의 허리를 감싸 안으며 체액으로 미끈거리는 그녀의 여성 입구에 자신의 남성을 가져다 댔다.

"으흣!"

단단하고 굵은 페니스가 세연의 연약한 여성 속으로 밀려들어왔다. 흥분을 주체하지 못하고 몸부림치던 그것은 세연을 집어삼킬 듯 파고들었다. 세연은 탄성을 내질렀다.

그를 받아들이기 위해 그녀는 미간을 찌푸리기도 하고 짧은 손톱으로 그의 등을 벅벅 긁기도 했다.

유세프는 그럼에도 멈추지 않았다. 안에서 들썩이는 유세프의 남성이 마음껏 활개를 쳤다.

「나야.」

유세프는 나지막한 음성을 내뱉었다. 품속에서 살끼리 부딪쳐 발생하는 마찰음을 들으며 입술을 악물고 있던 세연의 귓가에 그가 속삭였다.

「당신의 유세프.」

세연의 유일한 남자는 그 누구도 아닌 자신이라고, 그는 똑똑히 말하고 있었다.

197

그녀는 제 안에서 퍼져 가는 그의 따뜻한 온기를 느꼈다.
마력과도 같은, 달콤한 유혹의 늪에 세연은 허우적거렸다.

빠져나오기 힘들다는 것을 세연은 인정해 버렸다.

✳   ✳   ✳

코끝을 간질이는 숨결이 느껴져 눈을 떴다. 색색거리며 자
고 있는 남자의 얼굴이 시야로 들어왔다.

세연은 입을 다문 채 그를 올려다보았다. 광폭한 제왕과도
같던 남자는 언제 그랬냐는 듯 천사 같은 표정을 지으며 세
연을 끌어안고 있었다.

잠에 빠져 있음에도 여전히 놓아줄 생각이 없는 듯 세연
의 허리를 힘껏 껴안은 상태였다. 세연은 쓴웃음을 흘렸다.

'당신을…… 어쩌면 좋을까.'

가끔은 아무것도 모른다고 투정을 부리는 어린아이 같기
도 하고, 의지하고 싶은 어른 같기도 한 남자에 대해 갈피를
잡지 못하겠다.

하지만 몇 가지 사실만은 확실하다.

자신이 생각하는 것보다 훨씬, 그를 원하고 있다는 것. 이
남자를 가지고 싶어 미치겠다는 것. 그를 갈망하고, 열망하여
이 넓은 가슴에서 벗어나기를 스스로도 원하지 않는다는 것.

"좋아했었다……라."

불과 방금 전까지 자신을 안고 있는 남자의 품에서 야스
러운 신음을 흘렸던 여자는, 그녀를 안은 남자가 아닌 다른
남자가 뱉어 낸 말을 떠올렸다.

"과거, 형이군."

지훈은 담담하게 저를 응시하던 세연에게 말했었다. 그의
음성은 놀라울 정도로 차분해 오히려 세연이 당황할 정도였
다.

그녀는 저를 똑바로 직시하는 지훈에게 고개를 끄덕였다.

"네. 과거형이죠."
"그럼 지금은, 나를 좋아하지 않는다는 건가?"

어쩌면 알고 있었던 건지도 모르겠다. 고백에도 눈 하나
깜빡하지 않는 지훈의 모습을 보면.
흐리게 웃는 자신을 향해 되묻는 지훈에게 고개를 저었다.

"아뇨. 좋아해요. 하지만 이성으로 느끼는 감정은…… 아니에 요."

처음에는 인정하기 쉽지 않았다. 그에게 품었던 마음은 꽤 나 컸으니까. 그 감정을 겨우 열흘이라는 시간과 맞바꿀 수 는 없다고 여겼다.

그러나 이제는, 확신할 수가 있었다. 죽음의 위기에서 살 아 돌아와 지훈의 얼굴을 보았을 때 확실해졌다.

그를 마주하고 느꼈던 제 마음은 사직서를 제출할 때 들 었던 두근거리는 감정이 아니라, 희우와 함께 있는 그를 보 고 다행이라 생각해 버린 안도였으니까. 세연은 미소 지었 다.

"한 여자로서 이사님을 좋아했었어요. 아주 많이. 적지 않은 시간 동안."

"……"

"그렇지만 이젠…… 희우의 친구로서, 이사님을 좋아해요. 제 상사였던 이사님을 좋아해요. 한 사람으로서 당신을 좋아해요."

"한마디로 이성적 감정은 눈곱만큼도 남아 있지 않다는 소리 군."

"여자의 마음은 갈대라잖아요. 돌아보지 않는 남자의 뒤를 평생 좇을 수는 없는 노릇이죠."

"이거 많이 섭섭한데."

"마음에도 없는 소리 하지 마세요. 그러다 제가 다시 좋아하면 어쩌시려고 그래요?"

손을 휘휘 내젓는 세연을 보고 지훈 역시 따라 웃었다.

"희우를 잘 부탁드려요, 이사님. 제가 너무 좋아하는 친구예요."

"신 비서가 걱정하지 않도록 노력하지."

"감사합니다."

"신 비서."

"네."

"돌아……올 건가?"

세연은 조심스레 묻는 지훈을 응시했다.

어떻게 해야 할까. 그녀는 쉬이 마음을 정리하지 못한 상황이었다.

지훈에 대한 마음의 정리가 아니라, 유세프를 어떻게 대해야 할지 아직 감이 잡히지 않은 상태였다.

세연은 쓸쓸하게 중얼거렸다.

"아직, 결정하지 못했어요."

「……연. 세연!」

악몽을 꿨던 걸까. 번쩍 눈을 뜨고 그녀의 이름을 외친 유세프의 얼굴이 백짓장처럼 새하얗다. 세연은 입술을 파르르 떨며 그녀가 제 품 안에 있는지 살피는 유세프를 올려다보았다.

「아…….」

유세프는 세연이 무표정한 얼굴로 저를 바라보고 있다는 것을 자각했다. 그제야 안심한 듯 한숨을 흘리며 그녀를 껴안으려던 그는 흠칫 놀라며 팔을 공중으로 들어 올렸다.

세연은 벌떡 일어나 고개를 아래로 떨구는 그를 지켜보았다. 유세프는 나신의 세연을 내려다보더니 입술을 세게 깨물며 중얼거렸다.

「미……안해.」

그 누구에게도 사과를 해 본 적이 없었을 남자가 떨리는 음성을 뱉어 냈다. 들썩이는 그의 어깨가 답지 않게 나약하게 느껴져 세연은 인상을 썼다. 유세프는 차마 세연을 쳐다보지 못했다.

「정말, 미안해…… 세연, 미안해.」

유세프는 몹시 자책하며 얼굴을 들지 않았다. 어떤 벌이든 달게 받겠다는 듯 미동 없이 고개만 떨어뜨리고 있는 유세프를 쳐다보며 세연은 괜스레 화가 치밀어 오르는 것을 느꼈다.

「지금 뭐하는 거죠, 유세프?」

노기 어린 목소리로 세연은 입술을 달싹였다. 유세프는 그녀의 음산한 분위기에 놀라 고개를 들었다.

푸른 눈동자가 세연을 마주했다. 거칠게 안을 때는 언제고 이제 와서 상처 받은 양처럼 행동하는 유세프를 보자니 기분이 나빠졌다.

세연은 눈에 힘을 주며 말을 이었다.

「왜 미안하다고 하는 거예요?」

「세연. 나는…….」

「혹시, 당신이 강제로 나를 안았다고 생각하는 건가요?」

그의 손이 부르르 떨렸다. 세연은 유세프가 주먹을 세게 움켜쥐는 것을 지켜보았다. 헛웃음이 새어 나올 것 같았지만 견뎌 냈다.

그녀는 날이 선 목소리로 말했다.

「웃기는군요, 유세프. 당신은 앞서가도 너무 앞서갔어요.」

「세……연?」

「싫다면, 거부했을 거예요.」

벗어날 수 없다는 걸 본능적으로 알았기에 그를 받아들였다. 그가 자신을 원하는 만큼이나 저 역시 그를 원한다는 걸 깨달았으므로 유세프의 품에 안겼다. 세연은 단호한 표정을 지으며 그를 쳐다보았다.

「그러니 이제 와 용서를 구할 필요는 없어요.」

유세프의 벽안이 일렁였다. 세연은 계속해서 입술을 달싹였다.

「하지만 당신의 행동이 몹시 볼썽사나웠던 건 사실이에요. 대체 왜 그랬던 거죠? 당신답지 않았다고요.」

「……..」

「유세프!」

「……줄, 알았어.」

「네?」

작게 중얼거린 그의 말을 듣지 못한 세연이 되물었다. 유세프는 얼굴을 붉히며 인상을 썼다.

그는 쉬이 입술을 떼지 못하고 한참 동안 머뭇거리더니 결국 고개를 들어 올렸다. 세연은 어금니를 악물던 그가 입을 벌리는 걸 지켜보았다.

「당신이, 그 남자에게 갈 줄 알았다고!」

세연의 눈이 동그래졌다. 유세프는 영국식 욕설을 흘리며 소리를 뱉어 냈다.

❧

「불안했어. 내 프러포즈에도 끄떡하지 않는 당신을 보면
서. 세연 당신이, 그 남자에게 돌아갈까 봐 미쳐 버릴 것만
같았어. 당신에게 말하고 싶었어. 그 남자보다 내가 더 당신
을 원하고 있다고. 당신을 지독하게 원하는 건 그 남자가 아
닌 나라고, 증명하고 싶었어.」

「유세프.」

「그 남자에게 가지 마, 세연.」

「유세프…….」

「내가 더 잘해 줄게. 내가 훨씬 당신을 좋아해. 아니, 사랑
해. 사랑해, 세연!」

……뭐?

「나는 당신을 잡아야 해. 사랑한 기간이 짧든 길든, 상관
없어. 사랑에 빠지는 건 순식간이니까. 그래, 나는 당신을 놓
지 못해.」

쏟아지는 그의 고백에 세연의 심장이 들썩였다. 유세프의
거침없는 속삭임은 세연의 귀를 어지럽혔다. 아찔해진다. 가
슴이 폭발할 듯 요동쳤다.

유세프는 세연의 떨리는 손을 조심스레 감쌌다. 그리고는
그 보드라운 손등에 입술을 맞추며 그녀를 올려다보았다.

「세연. 만약 지금 당신을 놓친다면, 아마 나는 평생 후회
할 거야. 당신이라는 여자를 보낸 것을 두고두고 후회할 거

야. 세연, 나는 후회하고 싶지 않아. 당신을 놓치고 좌절하고 싶지 않다고.」

숨이 막혀 왔다. 그의 절절하고도 애달픈 고백이 마음에 들어찼다. 세연은 반짝반짝 빛나는 파란색 눈동자를 직시했다.

「세연, 사랑해.」

그는 간절한 얼굴로 말했다.

「사랑해. 당신을 사랑하게 됐어.」

심장이 반응한다.

「내 곁에 있어 줘. 내가 누구든, 상관없이……. 나는 그저, 당신을 너무도 사랑하는 한 남자일 뿐이야.」

심장의 혈관을 타고 흐르는 피가 멋대로 끓었다. 쿵쾅쿵쾅. 덕분에 심장 박동이 한계치까지 증가했다.

그는 온몸이 사르르 녹아 버릴 만큼 뜨거운 멘트를 날리며 세연을 응시했다. 호흡이 가빠졌다. 그를 향한 열정을 세연은 주체할 수가 없었다.

부디 내 마음을 받아 줘.

그렇게 말하고 있는 것 같았다. 세연은 끊임없이 제 손등에 입을 맞추는 남자를 바라봤다. 그리고 천천히 남자의 이름을 불렀다.

유세프가 세연을 응시했다. 무척이나 조심스러워하는 모

습인지라 세연은 그가 낯설게 느껴졌다. 그러나 속에 든 말을 꺼내기를 주저하진 않았다.

「유세프.」

세연은 말했다.

「나, 가고 싶은 곳이 있어요.」

❋   ❋   ❋

타닥타닥.

모닥불이 타들어 가는 소리가 고요한 밤 아래 울려 퍼졌다. 세연은 은은하게 빛나는 모닥불을 응시하며 옅은 미소를 지었다. 따뜻했다. 풍랑을 만난 것처럼 혼란스러웠던 마음이 안정을 되찾는다.

세연은 스윽 시선을 돌려 제 옆에 앉은 유세프를 응시했다.

「정말…… 이거면 되겠어?」

모닥불에 손을 쬐고 있는 세연을 향해 유세프는 물었다. 세연은 희미하게 웃으며 고개를 끄덕였다.

이거면 되었다. 아무런 방해 없이, 조용하고 어두운 이곳에서 유세프와 함께 있다면 만족한다. 세연은 여전히 그녀에게서 눈을 떼지 못하는 그의 손을 꼭 붙들며 다시 활활 타오르는 불빛을 바라보았다.

어디선가 작게 모래바람이 불고 있는 이곳은 두바이의 사막.

「사막에 가 보고 싶어요. 그 누구의 방해도 없이. 당신과 나……
둘이서만.」

주위를 둘러보면 온 천지가 사막인, 모래 위에 세워진 인공 도시 두바이에서 빼놓을 수 없는 관광 명소를 가 보지 못한 것이 한이라면 한이었다.

생각 끝에 사막에 가 보고 싶다는 말을 꺼내자마자 유세프는 전화기를 집어 들었다. 유창한 아랍어를 사용하여 일사천리로 지시를 내린 그는 다음 행동을 기다리는 세연을 안아 들고 욕실로 직행했다.

유세프의 따스하고 부드러운 손길에 샤워까지 마친 세연은 두 사람의 모습을 포착하기 위해 대기 중이던 기자들의 눈을 피해 직원 출입구로 피신했고, 마침 그들을 기다리고 있던 리무진에 올라탔다.

광활한 사막이 시작되는 곳 근처에서 4륜구동 자동차로 갈아탔다. 유세프가 운전석에 앉고 세연이 조수석에 안착하자마자 차는 부르릉, 앞으로 나아갔다.

그렇게 세연이 두바이로의 여행을 꿈꾸기 시작했던 가장 큰 이유 중 하나인 사막 투어가 시작되었다.

높고 낮은 모래 언덕을 4륜구동 자동차로 내달리는 건 마치 세연이 어릴 적 타던 놀이기구를 연상케 했다.

그들을 태운 4륜구동 자동차는 신호등 하나 없는 사막 한가운데를 거침없이 가로질렀다. 끝없이 펼쳐진 모래벌판을 달려가며 바퀴가 일으키는 모래바람이 공중에 흩날리는 장관은 세연을 들뜨게 만들었다.

그녀는 근래 들어 처음 활짝 미소를 지었고 사막 위를 능숙하게 운전하던 유세프는 그런 세연의 모습에 입꼬리를 올렸다.

해가 뜬 직후부터 질 때까지.

두바이를 둘러싸고 있는 사막 곳곳을 돌아다니며 쌓여 있던 스트레스를 푼 두 사람은 유세프가 몇 번 온 적이 있다는 캠핑장에서 야영을 하기로 했다.

예전이었다면 거부했을 유세프는 무인도에서의 경험 때문인지 먼저 나서서 텐트를 치기 시작했고, 몇 번의 실패 끝에 겨우 텐트를 완성했다.

야영지 위에 오뚝 솟아 있는 자신의 텐트를 가리키는 유세프의 모습이 칭찬을 원하는 어린아이와 흡사해 세연은 깔깔 웃어 버렸다.

그리고 다시, 현재.

세연은 적막이 흐르는 사막 한가운데에 유세프와 단둘이 앉아 있었다.

들려오는 숨소리라고는 오로지 두 사람의 것이 전부인 야밤의 사막.

그녀는 그의 호흡이 점점 거칠어지고 있음을 자각했다. 살짝 고개를 돌려 그를 응시하자 유세프의 푸른 눈동자가 세연을 맞이했다. 그녀는 옅은 미소와 함께 그의 이름을 불렀다.

「유세프.」

유세프는 세연의 부드러운 목소리에 무의식적으로 반응을 했다. 그가 몸을 움찔거리며 쳐다보는 게 보였다. 세연은 잠시 호흡을 고른 후 용기를 냈다.

지금껏 손을 놓지 않은 사람은 유세프였다. 끝났다고 생각했던 세연을 죽음의 위기에서 구출해 준 것은 유세프의 손이었고, 펄펄 끓는 세연의 이마를 차가운 손으로 식혀 준 것도 유세프의 손이었다.

힘들 때마다 눈앞에 내밀어 준 유세프의 손을 세연은 결코 잊지 않았다. 제 가슴 위를 쓸어내리고 허리를 감싸 안던 그의 포근한 손길 역시, 잊을 수 없었다.

그는 언제나 세연에게 손을 내밀어 주었다.

이젠…… 그녀가 그의 손을, 잡을 차례.

세연은 말없는 유세프를 향해 조심스레 다가갔다. 유세프는 자리에서 일어나 저에게로 다가오는 세연을 멍하니 지켜보기만 했다.

　입술을 앙다문 채 움직이는 세연의 눈에선 결연한 의지가 보였다. 그의 쿵쾅거리는 심장 소리가 세연의 귀에까지 들려와 그녀는 속으로 웃어 버렸다.

　「유세프.」

　유세프의 코앞까지 당도한 세연은 그를 향해 손을 내밀었다. 모닥불을 가린 세연으로 인해 빛을 잃어버렸으나 세연에게서 뿜어져 나온 빛에 홀려 버린 유세프가 넋을 놓고 그녀를 올려다보았다.

　그는 제 앞에 선 채 손만 내밀고 있던 그녀에게 반사적으로 손을 뻗었다. 유세프는 그녀의 보드라운 손등 위에 붉은 입술을 가져다 댄 채 촉, 하고 키스를 했다. 불에 지진 듯 뜨거운 낙인이 세연의 손등 위로 번져 갔다.

　그녀는 제 아래서 파랗게 빛나는 그의 눈동자로 천천히 허리를 숙였다.

　「⋯⋯!」

　유세프는 자신의 눈두덩 위로 입을 맞추는 세연의 과감한 행동에 깜짝 놀랐다. 떨리는 그의 속눈썹이 단적인 예였다.

　세연은 놀라 벌어진 그의 입술을 머금었다. 유세프는 세연의 리드에 정신을 차리지 못했다.

그의 조각 같은 얼굴을 두 손으로 움켜쥔 세연은 유세프의 모든 것을 빨아들이려 노력했다. 입안을 헤집어 버리는 진한 키스가 이어졌다.

그녀는 유세프의 치열을 쓸고 안으로 침범했다. 유세프는 거친 숨을 흘리며 세연의 키스에 응했다.

「후우.」

제가 할 수 있는 모든 스킬을 사용해서 유세프에게 키스를 퍼부어 버린 세연은 적지 않은 시간이 흐른 뒤에 그에서 떨어져 나갔다. 유세프는 욕망에 휩싸인 눈으로 세연을 올려다보았다.

「많이…… 발전했군.」

그가 피식 실소를 터뜨리며 중얼거렸다. 세연은 씩 웃으며 화답했다.

「당신 덕분이에요.」

솔직한 세연의 언변에 유세프는 고개를 절레절레 흔들었다. 그리고는 원래 자리로 돌아가려는 세연의 손목을 붙잡았다. 그는 세연이 눈을 깜빡이는 사이 번쩍 그녀를 안아 들고는 나지막하게 속삭였다.

「세연.」

「네.」

「사랑해.」

보름이 채 안 되는 시간. 의지할 만한 사람이라곤 오직 서로밖에 없었던 그 절박한 시간 속에서 유세프는 자신의 하나밖에 없는 사랑을 찾았다.

그에게 있어서 세연은 절망 속에서 빛나는 하나의 태양과도 같았고 덕분에 더욱 갈구할 수밖에 없는 유일한 것이었다.

세연은 그의 간결한 고백이 결코 거짓이 아니라는 것을 잘 알고 있었다. 사랑한다는 그의 말은 열렬했고 진심이 담겨 있었다. 세연은 웃었다.

「유세프.」

지금은, 그녀가 답을 해 주어야 할 때.

「사랑해요.」

피할 수 없기에 받아들인다.

벗어날 수 없기에, 그의 곁에 있기로 결심한다.

사랑한다고 말하는 그에게 더욱 사랑한다고, 대답해 준다.

그것이 세연이 내린 결론이었다.

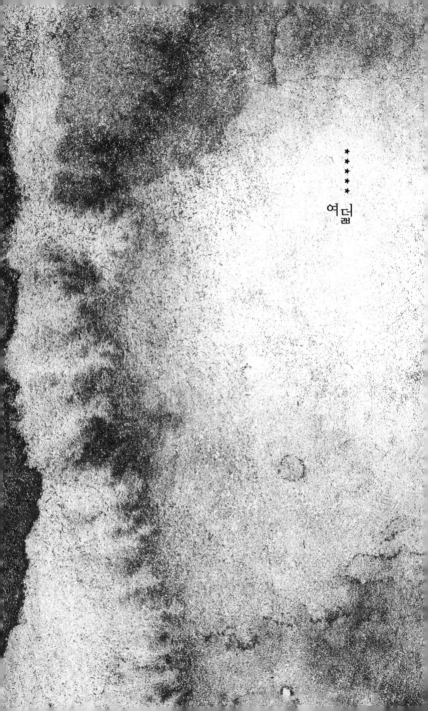

★
★
★
★
★

여덟

　사람 냄새라곤 느껴지지 않는 외딴 섬에서 탈출한 후 이
틀이 흘렀다.

　사람들을 그리워했기에 분명 그 속에 섞여 존재를 확인하
며 기쁨에 젖어 있어야 할 세연은 어찌 된 일인지 예전보다
더 사람이라곤 찾아볼 수 없는 곳에서 '그'와 단둘만의 시간
을 보내고 있었다.

　붉게 타오르는 태양이 황량한 사막의 아침을 밝혔다. 세연
은 텐트 안으로 스며드는 아침 햇살을 응시하다 빙긋 웃으며
고개를 돌렸다.

　호텔에서처럼 폭신폭신한 침대 위는 아니었지만 그래도

딱딱한 동굴 바닥보다는 부드러운 모래 위에서 잠을 청하고 있는 유세프의 모습이 들어왔다.

'이런.'

고요하게 울리던 심장의 고동이 조금씩 빨라졌다. 그저 바라봤을 뿐인데 이렇게 가슴이 뛰는 것을 보면 확실히 이 남자에게 홀려 버린 것이 틀림없었다.

세연은 희미하게 웃으며 손을 뻗었다. 흐트러진 그의 앞머리가 눈앞을 가리고 있는 것이 신경 쓰였다. 유세프가 눈을 떴을 때, 찬란하게 빛나는 벽안으로 저를 보아 주기를 원했기에 세연은 그의 앞머리를 걷으려 했다.

「벌써 일어났어?」

조심스럽게 유세프의 갈색 머리카락을 위로 올리며 뿌듯한 미소를 짓던 세연은 서서히 눈꺼풀을 올리며 입술을 달싹이는 그의 미성에 화들짝 놀랐다.

「깨울 생각은 없었는데.」

그가 난처한 표정을 짓는 세연에게 다가왔다.

「당신이 그런 눈으로 보고 있는데, 일어나지 않는다면 남자가 아니지.」

곧 촉, 소리를 내며 그의 입술이 세연의 이마에 닿았다 떨어졌다.

「내가 어떤 눈을 하고 있는데요?」

불현듯 궁금해졌다. 과연 이 남자의 눈에 비친 제 모습이 어떠할까, 하고.

그의 맑고 깊은 눈동자를 뚫어져라 직시해 보았지만 두 뺨에 발그레 홍조를 띤 여자가 있을 뿐이었다. 세연은 유세프의 눈꼬리가 예쁘게 휘어지는 것을 발견했다.

「날 잡아먹고 싶어 미칠 것만 같다고, 당신의 눈은 말하고 있군.」

「거짓말.」

딱히 잡아먹고 싶어 미칠 정도는 아니다. 그의 붉은 입술은 아침부터 탐스럽구나 하는 생각이 들기는 하지만. 세연이 입을 쭉 내밀며 고개를 돌리려 하자 유세프는 쿡쿡 웃으며 나지막하게 속삭였다.

「그럼 그 반대의 상황이라고 생각하면 안 될까?」

목 부근을 간질이는 유세프의 콧김이 세연의 가슴을 들썩이게 만들었다. 세연은 짓궂은 표정을 지으며 자신을 세게 끌어안는 유세프를 올려다보았다.

밤새도록 그녀를 괴롭히던 그의 다리 사이에 위치한 남성이 조금씩 반응하는 것이 느껴졌다. 세연은 눈을 가늘게 뜨며 그를 쳐다보았다.

「세연, 오늘의 계획은 뭐지?」

유세프는 꼿꼿하게 솟으려는 페니스를 애써 무시하며 태

연한 척 말을 걸었다. 그가 어디까지 참을 수 있나 지켜볼 생각에 그녀는 어깨를 으쓱였다.

「글쎄요. 뭘 할까.」

「딱히 할 일이 없다면 우리 그냥…….」

「맞다. 우리 한 번 더, 사막 투어나 할까요?」

「……어?」

「아니면 주메이라 해안을 거니는 것도 나쁘지 않겠어요! 거기선 버즈 알 아랍이 잘 보인다면서요? 두바이까지 왔으니 두바이의 상징적 건축물 정도는 보고 가는 것도 나쁘지 않을 것 같…… 유세프?」

콧노래까지 흥얼거릴 기세로 말을 잇던 세연은 뚱한 얼굴로 저를 보고 있는 유세프의 모습에 고개를 갸웃거렸다. 유세프는 미간을 좁혔다. 입꼬리가 멋대로 움직여 살금살금 올라갈 것 같았지만 세연은 인내했다.

그녀는 눈을 두 번 정도 깜빡이다 물었다.

「왜 그렇게 보는 거죠?」

「그걸 정말 몰라서 묻나?」

세연은 빙긋 웃었다.

「네. 정말 모르겠는데.」

「…….」

「난 진짜 몰라서 묻는…… 우읍!」

말을 잇던 세연의 입술이 순식간에 다가온 그의 붉은 입술에 의해 막혔다. 유세프는 놀란 그녀가 소리를 뱉어 낼 수 없도록 달려들었다. 유세프의 뜨겁고 화끈한 혀끝이 세연의 입술을 강하게 쓸었다.

그는 그녀가 도망치지 못하도록 혀를 옭아맸고 있는 힘껏 빨아 당겼다. 세연은 거침없이 파고드는 유세프가 자신을 바로 눕히는 것을 느꼈다.

아침부터 작정을 한 남자는 자꾸만 허벅지 사이를 찔러 대는 남성을 숨기지 않고 세연을 잠식시키려 했다.

「흐읏…….」

그의 입술이 떨어져 나가며 야릇한 숨소리가 흘러나왔다. 은색의 실타래가 입 주위로 번져 가는 것을 인지하면서도 세연은 손등을 쉽게 들어 올리지 못했다. 끌려갔다. 그의 체취에 취해 정신없이.

「유……세프.」

그는 힘겹게 제 이름을 부르는 세연을 이글거리는 눈으로 내려다보았다.

「이제 확실히 알았겠지?」

유혹하는 남자는 무척 아름다웠다. 그런 그에게 홀리지 않는 여인은 이 세상에 아무도 없을 것이다. 혹한 건 사실이었지만 세연은 무심한 척 대응했다.

「아침이에요, 유세프. 일어날 시간이라고요.」

「어차피, 이러려고 이곳에 온 거 아니었나?」

꽁꽁 숨긴다고 노력했는데 그만 그에게 속내를 들켜 버렸다. 세연은 대답 대신 활짝 웃었다.

유세프는 세연의 몸을 가리고 있던 얇은 천을 들췄다. 붉은 반점이 가득한 세연의 나신이 드러났다.

이윽고 두 남녀는 서로를 탐하기 위해 얽혀 갔다.

낮과 밤. 그들에게 있어서 시간의 경계는 존재하지 않았다.

✳   ✳   ✳

「샤워, 하고 싶어요.」

세연은 투정하듯 유세프에게 말했다. 사막으로 가자고 그를 유혹한 것은 자신이었지만 사흘째 텐트 밖을 벗어나지 못할 줄은 예상하지 못했으니까.

적어도 물은 존재했던 무인도에서와는 달리, 그들이 있는 사막 근처에는 오아시스조차 존재하지 않았으므로 세연은 어렵게 말을 꺼냈다.

「알겠어.」

호텔로 돌아가자는 간접적인 표현이었기에 세연은 흔쾌히 고개를 끄덕이는 그를 보며 약간은 안도했다. 그러나 말을 꺼낸 뒤 겨우 한 시간 만에 펼쳐진 모습은 세연을 당황하게 만들었다.

「유세프, 이게 뭐죠?」

세연은 두 눈을 크게 뜨고 입고 있던 옷을 훌러덩 벗는 유세프에게 물음을 던졌다.

「샤워하고 싶다고 하지 않았나?」
「물론 그랬지만.」
「그래서야.」

샤워를 하고 싶다는 말은 이제 그만 호텔로 돌아가고 싶다는 의미였다. 사막 한가운데 위치한 그들의 텐트 근처에 인공 오아시스를 만들어 달라는 의미가 아니라.

세연은 고작 한 시간 만에 텐트 주위에 욕조를 설치해 버린 유세프의 수하들을 응시하며 혀를 내둘렀다.

「안 들어와?」

그는 굳어 버린 세연을 향해 손짓했다. 그녀는 고개를 까딱인 뒤 유세프와 자신으로부터 멀찍이 떨어지는 터번을 두른 장정들을 흘긋거리며 허탈한 웃음을 흘렸다.

「유세프.」
「응.」
「당신, 돌아갈 생각 없죠?」

유세프는 머뭇거리다 결국 욕조 안으로 들어오기 위해 몸에 두르고 있던 가운을 벗어 던지는 세연을 향해 부정도, 긍정도 하지 않았다.

사막에 온 지 사흘째 되는 날, 세연은 황금빛 모래 한가운데서 사랑하는 남자와 샤워를 했다.

「당신 얘기를 해 줘요.」

사막에서 보내는 밤은 아름다웠다. 수많은 별이 반짝이는 검은 하늘 아래 누워 그의 팔에 머리를 대고 있던 세연이 말했다.

「어떤 얘기를 원하지?」

「아무거나. 내가 모르는 당신에 대해, 알려 줘요.」

「좋아.」

조지 3세의 먼 친척 중 한 명인 제라드 경이 아라비아반
도로 건너와 세운 아라트 왕국은 고작 300년이 채 되지 않을
만큼 짧은 역사를 지녔지만 영국과의 활발한 교류 덕분에 급
성장했다고 세연은 기억하고 있었다.

그렇지만 글로 보는 것과 그의 입술 사이로 흘러나온 이
야기는 다를 거라고 여겼다.

세연은 두근두근 뛰는 마음을 가라앉히며 유세프가 말을
잇기를 기다렸다.

「우리 형은, 날 너무 좋아하는 것 같아.」

왜 그가 전형적인 아랍인답지 않게 유럽인처럼 하얀 얼굴
을 지닌 건지, 유년 시절은 어떻게 보냈고 두바이에 호텔을
세우면서 어떠한 일을 겪었는지, 혼기에 찬 나이면서 어째서
여전히 솔로인 것인지 등등에 대해 말해 줄 것이라 생각했던

세연은 예상치 못했던 그의 말에 눈을 휘둥그레 떴다.

「네?」

잘못 들었나 싶어 되물어 보았지만 유세프는 미동이 없었
다. 오히려 한숨을 푹 내쉬며 말을 이어 갔다.

「내가 결혼할 상대가 생겼다고 하니 곧바로 이곳으로 오겠다
며 난동을 부리더군. 정말 못 말리는 작자야. 사소한 걸로 다투던
게 엊그제 같은데 말이지. 안 그래도 실종된 날 직접 찾겠답시고
한바탕 나라를 뒤집었다는 소리가 있던데, 하하. 아, 물론 당신을
보면 무슨 말을 할지 기대가 되기는 해.」

세연은 멍하니 눈을 깜빡였다. 유세프가 웃다 말고 그녀를
의아하게 응시했다. 그녀는 눈앞이 까맣게 흐려지는 것을 느
꼈다.

「왜 그래, 세연.」

유세프는 넋을 놓고 있는 세연의 눈앞을 손으로 휘휘 저
으며 물었다. 그녀는 혼이 나갈 정도로 뛰는 심장의 박동을

막지 못하고 파르르 떨리는 입술을 열었다.

「유세프, 방금…… 뭐라고 한 거죠?」

세연은 믿을 수 없다는 듯 중얼거렸다. 유세프는 그제야
하얀 이를 드러내며 씩 웃었다.

「못 들을까 걱정했는데 기우였군.」

그리고는 어느새 바로 앉은 세연의 앞에 무릎을 굽히며
주머니 속에서 무언가를 내밀었다. 달빛을 받아 더욱 번쩍거
리는 다이아 반지가 그의 손에 들려 있었다.
세연의 입술이 바짝 말라 갔다. 그녀는 차오르는 눈물을
참지 못하고 어깨를 들썩였다.

「세연.」

언제 들어도 달콤한 그의 목소리가 귀에 닿았다.
유세프는 반지를 들고 무릎을 굽힌 제 모습이 많이 낯선
지 헛기침을 뱉어 내며 얼굴을 붉혔다. 수줍어하는 남자의
모습이 낯설기도 하고 새롭기도 해서 세연은 돌처럼 굳어 있

었다.

유세프는 미세하게 떨리는 그녀의 손등에 입을 맞추며 세연을 올려다보았다.

「내게, 당신의 평생을 함께할 수 있는 기회를 주겠어?」

쾅—!

"신세연!"

회상에 잠겨 있던 세연을 깨운 것은 우렁찬 희우의 목소리였다. 세연은 씩씩거리며 문을 열고 들어오는 희우를 발견했다.

'아, 희우야' 하고 손을 들어 반겼지만 희우는 성이 났다는 걸 숨기지 않고 성큼성큼 걸어와 세연을 노려보았다.

"너! 대체 어떻게 된 거야!"

닷새. 레스토랑에서의 일 이후로 무려 닷새 만에 세연은 숙소로 돌아왔다. 유세프가 희우와 지훈에게 언질을 준 걸로 알고 있었지만 아마도 직접 말을 하지 않아 희우는 단단히 화가 난 모양이었다.

세연은 어색한 웃음을 흘렸다.

"많이…… 걱정했어?"

"그걸 말이라고 해?"

희우가 소리쳤다.

"당연히 걱정했지! 그런 큰 사고가 있은 지 얼마 되지도 않은 애가 웬 남자와 은근히 기싸움을 펼치더니 갑자기 밥 먹다 뛰쳐나가고. 그 후로 닷새나 잠적해? 너 정말 왜 이렇게 사람을 걱정…… 뭐야?"

"응?"

"왜 그렇게 바보같이 웃어? 그렇게 웃는다고 내가 화를 안 낼 줄 알아?"

인상을 쓰는 희우가 눈앞에 있다는 걸 알면서도 자꾸만 올라가는 입꼬리를 막을 수 없었다. 세연은 계속해서 웃음을 흘렸다. 희우의 눈이 더욱 날카롭게 변했다.

그녀는 방금 전까지 몰아치던 분노의 폭풍을 잠재우곤 세연의 이름을 불렀다.

"신세연. 너, 무슨 일 있어?"

희우는 호기심이 많은 친구였다. 궁금증은 풀어야 속이 시원해지는 부류였으므로 세연이 만족스러운 대답을 뱉어 낼 때까지 계속해서 질문할 것이다.

세연은 고민했다. 아니, 사실은 고민할 필요도 없었다. 희우의 앞이라는 걸 알면서도 헤프게 웃었던 것은 자신이었으니까. 목구멍까지 차오른 말을 얼른 뱉어 내고 싶은 충동을 꾹꾹 누르는 데 한계를 느끼고 있던 사람은 바로 자신이었으니까.

"희우야."

세연은 가장 가까운 사람이자 절친한 친구와, 평생 누릴 수 없을 거라 생각했던 기쁨을 함께 나누기로 마음먹었다. 말이 이어지길 기다리는 희우를 향해 그녀는 얼굴을 붉히며 미소 지었다.

"나…… 프러포즈, 받았어."

✳　　　✳　　　✳

「지금 내게, 결혼을…… 해 달라고 말한 건가요?」

유세프는 세연의 갈색 눈동자를 좋아했다.

제 짙은 갈색 머리카락보다 조금 옅은. 그래서 더욱 신비로워 보이는 그 눈동자는 무척이나 아름다웠다. 아마도 처음 세연을 본 순간 눈을 뗄 수 없었던 것은 그러한 이유 때문이 아닐까 하고 뒤늦게 생각한 적도 몇 번 있었다.

특히 세연이 동요할 때의 눈빛은 마음을 몹시 자극해서 흥분을 하려는 스스로를 몇 번이나 제어했는지 모른다.

그는 떨려 오는 그녀의 심정을 단적으로 드러내는 갈색 눈동자의 움직임에 묘한 희열을 느끼며 빙긋 웃었다.

「그래. 정확히 그렇게 말했어.」

제가 생각해도 참으로 대범한 발언이며 행동이었다. 아마도 이 사실을 지인들이 알게 된다면 기겁하겠지. 억지로 고국에 남은 형의 귀에 들어간다면 난리가 날 거다.

그럼에도 불구하고 그에게 있어 이번 일은 분명 그러한 가치가 있었다. 신세연. 그녀는 지금 잡지 못한다면 평생 그를 후회하게 만들 여자였다.

유세프 빈 이브라힘 알 라쉬드는 후회를 하지 않는 성격이었다. 하지 않고 후회할 일이라면 차라리 행동해서 후회하는 것이 낫다고 여기는 성격이기도 했다.

그는 두근두근, 울려 대는 가슴의 울림을 무시하며 그녀를 올려다보았다. 괜히 호흡이 가빠지는 것 같았으나 태연한 척 세연의 대답을 기다리기로 했다.

「유세프. 우리가 만난 지 겨우 한 달이라는 거, 알고 있어요?」

세연은 침착했다. 보름 정도 지켜봐 온 결과 그녀는 큰일이 닥치면 오히려 더 차분해졌다. 혹시 제가 원하는 답변을 들려 주지 않을까 걱정하기는 했지만 유세프는 마음을 다잡

231

았다.

「시간은 중요하지 않아.」

　그 역시 세연을 구하며 이러한 말을 뱉게 될 줄은 상상하지 못했다. 그녀를 사랑하는 것은 계획엔 없는 일이었다.
　하지만 그는 사랑에 빠졌다.
　사랑할 수밖에 없는 여자에게 반해 버렸다. 이대로 그녀를 보낸다면 영영 보지 못할 수도 있었다.
　영원히 보지 못할 바엔 평생 제 옆에 두고, 사랑하고 또 사랑하는 것이 나으리란 결론을 냈다.
　때문에, 알아 온 시간은 중요하지 않다.
　앞으로 알아 갈 시간이 중요할 뿐.

「나는 당신을 내 곁에 두고 싶어.」

　유세프는 진심을 말했다. 충동이라 생각한 적도 있었다. 그녀를 안은 것은 일시적인 감정일 거라고 여기기도 했었다. 죽음의 공포에서 살아남기 위해 어쩔 수 없이 한 일이라고, 위안을 한 적도 있었다.
　그럼에도 불구하고 끌리는 감정을 막지는 못했다. 일시적이라 결론 내렸던 감정은 걷잡을 수 없을 만큼 커져 갔다. 한 없이 커져 가 이젠 스스로 감당하기 힘들 지경이다.

눈앞의 여자에 대한 갈망과 욕망, 소유욕으로 달라지는 제 모습이 훤히 보일 정도였다. 그는 떨고 있는 세연에게 입을 맞추고 싶었지만 꾹 참아 내며 속삭였다.

「나의 아내가 되어 줘, 세연.」

왕가의 일원이 되는 것은 매우 큰일이었다. 특히 왕위 계 승 서열 2위인 왕자의 아내가 되는 것은 더더욱.

비록 작은 왕국일지라도 한 나라를 다스리는 지도자 가문 의 일원이 되는 일이었다. 대한민국의 평범한 소시민인 세연 에게 있어선 부담스러운 일일지도 모른다. 그 점이 걸리긴 했지만 유세프는 걱정하지 않았다.

오만함이 정점에 이르렀던 한 나라의 왕자에게 낚시를 시 키고, 땔감을 구해 오게 만들고, 텐트를 치게 만든 여자라면 틀림없이 크고 작은 고난도 극복할 수 있을 것이다.

만약 세연이 제 신분 때문에 괴로워한다면 그는 기꺼이 왕 자의 직위를 버릴 거라 마음먹고 있었다. 그만큼 간절했다. 그녀를 가지기 위해서라면 유세프는 무엇이든 할 수 있었다.

쿵쿵—

세연의 대답을 기다리는 시간은 너무도 길었다. 그녀는 고작 1분 정도 입을 열지 않고 있었을 뿐이지만 유세프에게 있어 그 시간은 1년, 아니, 천 년같이 느껴졌다.

설마, 거절을 할까? 아니, 그러지는 않을 거야.

그렇지만 만에 하나, 세연이 거절을 하면 어쩌지? 그땐……어떻게 해야 하나.

그는 서른넷이 되도록 누군가에게 '거절'을 당해 본 적이 없었다.

그의 주변에는 언제나 요구를 하면 칼같이 반응하는 사람들뿐이었다. 'Yes'라 대답하는 사람만이 가득했던 유세프는 약간의 불안감을 가졌다.

세연이 뜸을 들이자 그의 걱정은 더욱 깊어졌다.

「세……..」
「돌아가요, 유세프.」

그녀는 아직 반지를 착용하지 않은 상태였다.

세연에게 내민 손이 머쓱하게 느껴질 만큼 떨려 와 어금니만 악물고 있던 그는, 고요하고 냉정하게 말하는 그녀를 보고 눈을 동그랗게 떴다. 세연은 무슨 생각을 하는지 읽을 수 없는 얼굴을 하고 있었다.

유세프는 머뭇거리다 물었다.

「이건, 어떡할 거지?」

프러포즈에 대한 답변을 듣지 못했다. 텐트로 돌아가기 위
해 등을 돌리려던 세연이 조심스러운 유세프의 말에 시선을
다이아 반지로 움직였다. 그녀의 갈색 눈동자에 잔잔한 파문
이 일었다.

「글쎄요. 어떡하지.」

그러다 서서히 그를 향해 다가왔다. 유세프는 침을 꿀꺽
삼키며 세연의 행동을 지켜보았다. 그녀는 희미한 미소를 지
으며 반지를 쥐고 있던 그의 손에 자신의 가느다란 손을 뻗
었다.

'……!'

달칵, 샤워를 마치고 욕실 문을 열고 나온 유세프는 텅 비
어 있는 침대를 발견했다. 순간 심장이 철렁 내려앉았지만
그는 태연함을 유지하려 애썼다.

잠시 샤워를 하고 오겠다고 말한 사이 사라져 버린 여자의

흔적을 푸른 눈으로 좇던 그는 그녀가 보이지 않는다는 사실에 금세 불안해지는 제 모습을 발견하고 헛웃음을 삼켰다.

'이거 정말…… 중증이군.'

잠시도 그녀가 보이지 않으면 미쳐 버릴 것만 같았다. 병이라면 병인 걸까. 무인도에서 귀환을 한 후로 더욱 그 증상이 심해졌다. 그래서 더더욱 그녀를 곁에 두고 싶어 하는 건지도 모른다.

스쳐 지나가는 일시적인 열병은 아닐 것이다. 그는 지금까지 단 한 번도, 그 누구에게도 이러한 감정을 느끼지 못했으니까.

그녀가 유일했다.

유세프 빈 이브라힘 알 라쉬드에게 두근거림을 주는 상대는 오로지 그 여자, 신세연뿐.

젖은 머리카락 끝에서 뚝뚝 떨어지는 물방울을 털기 위해 수건으로 머리를 문지르던 그는 침대 근처의 테이블 위에서 작은 보석 상자를 발견했다.

그것은 닷새 전, 형에게 귀환 보고를 마치고 난 후 세연을 맞이하러 가기 전 반지를 꺼냈던 그 보석 상자였다. 유세프는 뭔가에 홀린 사람처럼 테이블을 향해 다가갔다. 그리고는 손을 뻗어 보석 상자를 열었다.

닷새 전까지만 하더라도 보석 상자 안에는 그가 직접 지시하여 고른 반지가 끼워져 있었다. 섬에서 귀환을 하자마자 계획한 일이었다.

두 사람을 구조하러 온 헬기 속에서 제 어깨에 기대어 잠을 자고 있는 그녀를 내려다보며 생각했던 일이었다.

유세프는 비어 있는 보석 상자를 닫고는 옅게 웃었다.

「호텔로 돌아가서, 답해 줄게요.」

당장 대답을 듣길 원하는 유세프와는 달리 세연은 매우 신중했다. 때론 그 모습이 그를 무섭게 만들기도 했지만 그녀의 성격상 충분히 그럴 만하다고 유세프는 생각했다.

그 말을 듣자마자 그는 텐트를 해체했다. 호호 웃는 세연을 재촉하여 차에 태웠다. 미친 듯이 액셀러레이터를 밟으며 여전히 두 남녀를 포착하기 위해 대기 중이던 기자들을 지나 호텔로 도착했다.

장난감을 앞에 두고서도 차마 만지지 못하는 어린아이와도 같아 우습게 느껴졌지만 어쩔 수 없는 일이었다. 프러포즈에 대한 답변을 들을 수만 있다면, 그리고 그 답변이 긍정적이라면 그는 어떠한 일도 할 생각이었다.

그리하여 샤워를 하고 오라는 세연의 명령에 유세프는 주저했지만 욕실로 들어갔다. 깨끗하게 몸을 씻고 밖으로 나왔다. 물론, 그런 유세프의 눈에 비친 광경은 텅 빈 스위트룸이었지만.

똑똑.

주위를 둘러보았으나 세연의 머리카락 한 올도 보이지 않았다. 불안함이 차올라 갈증이 일었다. 미간을 좁히며 입술을 꽉 물고 있던 유세프의 귓가로 문을 두드리는 소리가 들려왔다.

그는 침대에 앉으려던 몸을 벌떡 일으키며 성큼성큼 입구 쪽으로 걸어갔다. 문을 열자 자신의 수행원이 뭔가를 들고 서 있었다. 유세프가 음산한 음성을 흘렸다.

『뭐야.』

유세프의 수많은 수행원 중 한 명인 셰이크는 그를 향해 곱게 적힌 메모지를 내밀었다.

『미스 신께서 이걸 전하께 전해 달라 하셨습니다.』

싸늘한 표정을 짓고 있던 유세프가 다급하게 셰이크의 손에서 메모지를 빼앗았다. 하얀 종이에 적힌 영어를 읽어 가는 유세프의 얼굴이 딱딱하게 굳어졌다.

✳   ✳   ✳

"정말, 이렇게 돌아가도 돼?"

✎

희우의 얼굴엔 염려가 가득했다. 언제 화를 냈냐는 듯 자신의 안위를 살피는 그 모습에 그녀는 씩씩하게 웃으며 손을 휘휘 저었다.

"내 걱정은 말아."

"그래도……."

"각오는 되어 있으니까."

"……."

"걱정 말래도."

최대한 환하게 미소 짓자 희우는 길게 한숨을 뱉어 냈다. 얼굴을 절레절레 저은 그녀는 혀를 찼다.

"어휴, 이 고집쟁이. 한번 마음먹은 건 누가 설득해도 씨알도 안 먹히지!"

세연은 말없이 웃었다. 희우는 생글생글 웃는 세연을 빤히 쳐다보더니 몸을 돌렸다.

"네 멋대로 해! 나중에 후회해도, 나는 책임 안 질 거야!"

터벅터벅 출국 게이트 쪽으로 걸어가는 희우의 어깨가 들썩이고 있었다. 세연은 눈물이 차오르는 것을 꾹 참고는 제 앞으로 걸어온 남자를 쳐다보았다.

"정말, 괜찮겠어?"

지훈이 희우만큼이나 불안해하는 표정을 지으며 물었다. 세연은 말했다.

"네, 결심했어요."

"……."

"이사님?"

"미안해, 신 비서."

"뭐가요?"

"……그냥. 다."

세연은 제 눈을 마주치지 못하는 지훈을 똑바로 응시했다. 그녀는 확신에 찬 음성을 한 자, 한 자 또박또박 뱉어 냈다.

"미안해하지 않으셔도 돼요, 이사님. 아니, 오히려 제가 감사해야 할 입장인 걸요."

"……신 비서?"

"모두, 이사님 덕분이에요. 이사님이 일편단심으로 희우를 바라보지 않으셨다면 전 결코 한국을 떠나오지 못했겠죠."

"……!"

"여지를 남기지 않아 주셔서 정말 감사했어요."

세연은 진심을 담아 지훈에게 인사를 했다. 꾸벅 허리까지 굽히는 세연의 모습에 지훈은 하하, 웃었다.

"못 말리겠군, 신 비서는."

세연 역시 희미하게 웃었다.

"언제 귀국할 거지? 한국에도 신 비서에 대한 이야기가 화제인 건 알고 있나?"

"희우에게서 듣기는 했지만, 아직 실감이 안 나요."

"앞으로 실감 나지 않을 일만 가득할 텐데, 괜찮겠어?"

"예상은 하고 있어요. 끄떡없을 자신은 없지만 최대한 버텨 볼 거예요."

"강하군, 신 비서는."

스스로를 '외강내유' 형이라 생각한 적이 있었다. 겉으로는 무심한 척, 강한 척 지훈의 곁을 지키며 서 있었지만 사실은 매일 밤 지훈에 대한 사랑앓이로 끙끙거렸던 그 시절. 불과 한 달 전의 일이지만 지금의 그녀는 달라졌다.

그와의 만남은 세연의 모든 것을 바꾸어 버렸다.

그녀를 죽음의 위기에서 건져 내고, 살아갈 용기를 주고, 사랑이란 진실된 마음을 깨우쳐 준 그로 인해 세연은 한층 더 성장할 수 있었다. 이제는 '외강내강' 형으로 변모한 세연은 지훈의 말에 미소로 화답했다.

"한 가지, 묻고 싶은 것이 있어."

얼른 오라고 손짓하는 희우에게로 걸어가기 직전, 지훈은 캐리어를 끌고 가다 문득 걸음을 멈추었다. 그는 뒤를 돌아보며 세연에게 질문을 던졌다. 세연이 흔쾌히 승낙의 눈빛을 보내자 지훈의 입술이 움직였다.

"그 남자를, 사랑하나?"

세연의 입꼬리가 반사적으로 올라갔다.

"그 말에는 확실하게 대답할 수 있겠네요."

그녀는 호흡을 골랐다. 힘껏 숨을 내쉬었다 뱉어 낸 뒤 지훈을 향해 말했다.

"네."

사랑해요.

그것도 아주 많이…… 정말 많이, 사랑해요.

❋　　　❋　　　❋

「세연! 세연! 세연!」

가빠 오는 호흡을 억지로 참아 내며 목청껏 부르짖는 절박한 외침이 세연의 귀에 닿았다. 세연은 손목에 찬 시계를 내려다보았다.

'정확히 30분 걸렸네.'

잔잔한 미소가 세연의 입가에 걸렸다. 그녀는 그가 누구인지 알아보고 환호성을 지르는 공항 내의 사람들이나, 안전을 걱정하며 안절부절못하는 수행원들을 전혀 개의치 않는 유세프를 마중하기 위해 의자에서 몸을 일으켰다.

「세연! 제길, 어디 있어, 세……!」

공항 내에서 그렇게 뛰면 곤란할 텐데, 하고 속으로 생각하던 세연은 숨을 헐떡거리며 좌우를 두리번거리던 남자가 자신을 발견하고 멈춰 서자 빙긋 미소 지었다.

그는 저를 향해 손을 흔드는 세연을 멀뚱히 응시하며 순간적으로 많은 표정을 보였다.

그 짧은 시간 동안 분노와 기쁨, 슬픔과 당혹스러움 등등을 담아내는 유세프를 발견하고 세연은 속으로 혀를 내둘렀다.

그가 저렇게도 표정이 다양한 사람이었던가. 왠지 웃음이 흘러나올 것 같았다.

「세연!」

유세프는 작게 이를 갈며 그녀의 이름을 외치더니 성큼성큼 걸어왔다. 단단히 화가 난 그 모습에 세연은 움찔했지만 결코 물러나지는 않았다.

「세연!」

「왔어요, 유세프?」

「……뭐? 왔어요, 유세……프?」

세연의 코앞까지 당도한 유세프는 얼굴을 일그러뜨리며 그녀를 내려다보았다. 세연은 맑게 웃으며 그를 반겼다. 유세프는 멀쩡한 그녀의 모습에 황당한 표정을 지었다.

「왜 그래요? 숨은 왜 그렇게 헐떡여요?」

「…….」

「유세프?」

「지금 그걸, 말이라고 하나!」

버럭 윽박지르는 유세프는 아무래도 화가 많이 난 듯했다. 씩씩거리며 자신을 내려다보는 모습에 세연은 입꼬리가 근질거려 참을 수가 없었다.

유세프는 그러한 세연의 사정 따윈 알지 못한 채 그녀의 어깨를 세게 붙들며 말을 이었다.

「프러포즈에 대한 답을 들려 달라 했더니, 도망을 갈 생각이었어?」

「유세프.」

「안 돼! 절대로 당신이 내 곁을 떠나도록 내버려 두지 않을 거야! 나는 당신을 보내 줄 수 없어!」

「유세프.」

「내 프러포즈를 받아 줄 때까지, 당신을 곁에 둘 거야! 허락해 주지 않는다면 반드시 허락하게 만들 거라고! 농담처럼 들리나? 틀렸어! 나는 절대 농담 따위는 하지 않…….」

「유세프. 사람들이, 우릴 보고 있어요.」

「볼 테면 보라고 해! 난 다른 사람의 시선 따위는 전혀 두렵지 않아! 오히려 당신이 떠나는 게, 나는 더 두렵단 말이야!」

「그래요? 그렇지만 나는, 떠나지 않을 건데요?」

「당신이 떠나지 않는다 해도 나는…… 뭐?」

잔뜩 상기된 얼굴로 외쳐 대던 유세프의 입이 벌어진 채로 굳어 버렸다. 세연은 풋, 실소를 터뜨렸다. 그는 말을 내뱉다 말고는 세연을 멍하니 내려다보았다.

그녀는 어깨까지 들썩이며 쿡쿡거렸다.

「하, 하지만 세연, 당신은 분명히…….」

유세프는 말을 더듬으며 입술을 달싹였다. 세연은 눈가에 맺힌 눈물을 슥 닦으며 대답했다.

「공항으로 와요, 라고 말했었죠.」

「그래. 그 말은 당신이 떠난다는…….」

「아뇨. 내가 떠난다는 말은 아니었죠. 단지 우리가 만날 장소가 공항이었을 뿐.」

「……!」

「조금 전까지 희우와 이사님을 배웅하고 있었어요. 다시 호텔로 돌아가기까지는 시간이 걸릴 것 같아서, 당신을 이곳으로 부른 거고요.」

유세프의 벽안이 요동쳤다. 세연은 말을 잇지 못하는 그에게로 한 발자국, 다가갔다.

「이거, 보여요?」

왼손을 들어 올린 세연의 약지에서 무언가가 찬란한 빛을 뿜어내고 있었다. 유세프의 눈이 휘둥그레졌다. 그녀는 손가락을 활짝 펼쳐 보며 중얼거렸다.

「내 인생에서 이렇게 큰 보석은 처음 봐요. 차고 있으니

꽤 흐뭇해요.」

「세, 세…….」

「그렇지만 혼자 끼우니까 실감이 잘 안 나더라고요. 그러니 유세프. 당신이 다시 한 번, 끼워 주겠어요?」

세연은 착용하고 있던 반지를 왼손 약지에서 꺼내 굳어 있는 유세프에게 내밀었다. 유세프는 감격적인 표정을 지으며 세연을 내려다보더니 세게 고개를 끄덕이며 그녀에게서 반지를 건네받았다.

털썩, 무릎을 굽히는 유세프의 거침없는 모습에 공항 내에서 그들의 모습을 지켜보던 수많은 사람들이 모두 숨을 죽였다.

유세프는 힘껏 반지를 움켜쥐고 있다 서서히 세연을 향해 들어 올리며 붉은 입술을 달싹였다.

「세연.」

일렁이는 그의 마음이 그녀에게 전해졌다. 떨리는 그만큼이나 세연 역시 긴장하고 있었다. 그녀는 벅차오르는 마음을 죽이며 유세프를 내려다보았다.

「인 샤 알라(إن شاء الله)라는 말을, 알고 있어?」

세연이 대답했다.

「'신의 뜻대로' 라는 뜻이죠?」

유세프는 예쁘게 휜 눈으로 그녀를 올려다보았다. 그는 작게 헛기침을 하더니 이내 결연한 표정을 지으며 말을 이었다.

「어쩌면 그날, 탈출을 하기 직전 내가 당신을 발견한 건……
아마 신의 뜻이었는지도 모르겠어.」

심장이 크게 박동했다. 세연은 자신의 왼손 약지에 입을
맞추는 유세프를 바라봤다. 그는 붉은 입술로 속삭였다.

「사랑해. 사랑하고 있어. 지금까지 줄곧 그랬지만 앞으로
도 계속 그럴 거야.」

「유세프.」

「그러니 나와, 결혼해 주겠어?」

그와 함께한 시간은 손으로 헤아릴 수 있을 만큼, 짧았다.

하지만 그와 겪었던 경험들은 결코 쉽게 잊혀지지 않을
만큼, 강렬했다.

왕자의 거침없는 프러포즈에 주위가 술렁였지만 세연의
눈동자엔 오직 그만이 담겨 자신의 대답을 기다리고 있었다.
넓은 공항 안에 단둘만 있는 것처럼 느껴졌다.

파랗고 맑은 눈동자가 세연을 올려다보고 있었다. 그녀의
대답을 기다리며 웃고 있었다.

세연은 답을 해 줄 시기라고 생각했다. 한 번 더, 그녀가
용기를 낼 차례였다. 자신의 감정을 인정했던 것처럼.

누군가는 그들의 사랑을 일컬으며 빠르다고 말할 수도 있

을 것이다. 그것은 일시적인 감정일 것이라고. 언젠가는 변할지도 모른다고 생각할 수도 있다.

그러나 세연은 확신할 수 있었다. 지금 제 눈앞에 있는 남자의 프러포즈는 진심을 담고 있었고 보름밖에 되지 않는 시간이었지만 세연은 평생토록 사랑할 단 한 사람을 만났다.

상처만 가득했던 첫사랑처럼 후회는 하기 싫었다. 죽음의 위기에서 피어난 사랑이기에 더 소중한, 아름다운 남자와의 사랑을 영원히 이어 가고 싶었다.

세연은 힘차게 외쳤다.

「네!」

그를 비롯한 공항 내의 모든 이들이 들을 만큼, 크게.

「당신과 함께하겠어요!」

인 샤 알라(إن شاء الله).

신의 뜻대로, 그들은 운명적으로 만나 사랑에 빠졌다.

그리고 지금 이 순간, 영원히 함께하기를…… 맹세한다.

에필로그

　"오늘의 첫 뉴스입니다. 중동 석유 왕국 아라트의 계승 서열 2위 왕자이자, 얼마 전 한국인 여성과의 열애로 화제를 모은 그랜드 라쉬 호텔의 오너 유세프 빈 이브라힘 알 라쉬드 왕자가 오전 10시 5분 비행기로 인천 공항에 입국했습니다. 총 7박 8일 일정의 그의 방문은 우리 정부와의 친분을 돈독히 다지면서 아라트 내 한국 건설 회사들의 안전을 살피기 위해서지만, 실은 그의 개인적인 용건이라는 말도 들려오고 있습니다. 자세한 소식을 이영현 기자가 보도하겠습니다. 이영현 기자?"

　"예, 이영현입니다. 아라트의 유세프 빈 이브라힘 알 라쉬드 왕자는 얼마 전 불의의 비행기 사고를 당했지만, 기적적으로 목숨을 건진……"

삐빅!

혹시나 싶어 9시 뉴스를 틀자마자 보이는 국민 아나운서, 주혜윤 앵커의 입술 사이로 익숙한 이름이 나왔다.

차분한 표정의 그녀가 말을 이어 나가는 것을 지켜보던 세연은 자세한 뉴스를 들려 주기 위해 기자에게 마이크를 넘기자마자 리모컨 전원 버튼을 눌렀다.

그리고는 슬며시 고개를 돌렸다.

'…….'

몇 발자국 떨어진 곳의 풍경이 시야로 들어온다. 방금 전까지 수많은 경호원들에 둘러싸여 입국하는 모습이 나오던 남자가 세연의 침대 위에 누워 있었다.

실오라기 하나 걸치지 않은 완벽한 자연인의 상태로, 색색 숨결을 뱉어 내고 있는 그는 분명 주혜윤 아나운서가 언급한 '유세프 빈 이브라힘 알 라쉬드 왕자'가 맞았다.

세연은 그의 맑고 푸른 눈을 가리고 있는 눈꺼풀을 응시하다 한숨을 푹 내쉬었다.

유세프의 이번 한국 방문이 꽤나 정치적인 의미를 담고 있다는 것을 세연도 기사를 통해 충분히 알고 있었다.

호텔의 오너로서 몇 번 한국을 방문한 적은 있었지만 아라트의 왕자로서, 그러니까 일종의 외교 사절로서의 방문은 처음이었기에 몇 주 전부터 언론이 들끓을 만큼 큰 화제였다.

그녀가 듣기로 이번에 유세프는 무려 강이석 대통령과 만찬을 가지며 아라트와 한국의 외교 문제에 대해 상의하고, 건설업계의 주요 인사들과 만나 아라트 내의 신축 건물 공사를 위해 대한민국 건설 회사와 계약을 체결할 예정이었다.

그 외에도 한국 내의 아라트인들과 회담을 나누며 한국의 아라트 회사들을 방문할 계획이라고 기사에 쓰여 있었다. 그런데…….

'괜찮은 건가?'

그렇게 바쁜 인물인 아라트의 왕자는 세연의 싱글 침대 절반을 차지한 채 쿨쿨 잠을 청하고 있는 중이다.

세연은 그의 쇄골 근처에 맺혀 있던 땀방울 하나가 주르륵 흘러 복근을 향해 내달리는 모습을 발견하곤 미간을 좁혔다.

「으음.」

혹 그의 단잠을 깨울까 싶어 소리 내지 않고 유세프의 곁까지 걸어갔다.

그녀는 살며시 침대 위로 엉덩이를 붙인 채 말없이 유세프를 내려다보았다.

「세연!」

한국으로 돌아온 지 보름이 지났다.

두바이 국제공항에서 일어난 화제의 사건으로 인해 두바이에서보다 훨씬 정신없는 하루하루를 보내고 있었던 세연은 초인종 소리에 밖으로 나갔다 화들짝 놀랐다.

설마 자신을 향해 환한 미소를 보내고 있는 남자가 연일 신문 기사의 메인을 장식하는 그 남자일 거라곤 예상하지 못했기 때문이다.

「유……세프?」

보름 전, 이제 그만 한국으로 돌아가겠다 말하는 세연을 유세프는 잡고 또 잡았다. 하지만 정리할 것도 있었기에 세연은 단호하게 고개를 저었다.

함께 한국으로 오겠다는 유세프를 한사코 말려 다시 돌아올 때까지 기다리라 한 것이 비행기를 타기 전 그에게 건넨 유일한 말이었는데.

세연은 씩 웃으며 손을 휘휘 젓고 있는 유세프를 멍하니 응시했다.

「어, 어떻…….」

「여기가 세연의 집이군?」

「네?」

「좁아, 내가 있기엔. 그러니 얼른 팔아 버리는 게 낫겠어.」

「……네?」

유세프는 놀라 입을 벌리는 세연의 곁을 지나 그녀의 자
그만 보금자리 안으로 발을 뻗었다.

세연의 집 내부를 두리번거리며 얼굴을 찡그리기도 하고
혀를 끌끌 차기도 하는 그를 어이없이 쳐다보던 그녀는 획
몸을 돌려 씩 웃는 유세프의 눈꼬리가 휘어진 것을 알아차렸
다.

「보름이야, 세연. 많이 참았다고, 나. 그러니 상을 주지 않겠
어?」

막을 틈도 없이 유세프는 세연에게 달려들었다.

무인도에서부터 두바이까지, 하루도 빼먹지 않고 매일매
일 세연을 안았던 그가 보름씩이나 욕망을 억눌렀다는 것은
칭찬할 만한 일이었다.

하지만 결코 상을 줄 생각이 없었던 세연은 뭐라 말 한마

디 해 보지 못하고 유세프에게 안겨 버렸다.

'덕분에 오전 시간을 모두 날렸어.'

정신없이 저를 탐하는 그에게 몸을 맡겨 버렸다. 보름이나 금욕을 해서 그런지 유세프는 보통 때보다 훨씬 더 거칠었다.

세연 역시 달아오르는 건 마찬가지. 시간이 어떻게 흘러가는지도 잊고 그의 아래서 야릇한 신음을 흘렸던 세연은 제 모습을 떠올리며 피식 웃었다.

「무슨 생각을 하고 있지?」

호흡을 어지럽게 만들던 교태로운 탄성, 자극적인 숨결, 코를 마비시키는 향긋한 체취까지.

짙은 향락에 젖어 서로를 탐하던 그 열락의 시간을 회상하던 세연의 상념을 유세프가 깨뜨렸다.

세연은 흠칫 놀라 고개를 아래로 내렸다. 어느새 잠에서 깬 그가 그녀를 올려다보고 있었다.

세연은 목구멍까지 차오른 대답을 내뱉으려다 불신 어린 눈빛을 보냈다.

「유세프, 당신 정말…… 이러고 있어도 돼요?」

유세프는 어리둥절한 얼굴이었다.

「뭐가?」

세연은 무슨 잘못이냐는 표정을 짓는 그에게 쓰게 웃으며 말했다.

「듣자 하니 내일 우리나라 대통령을 만난다면서요. 이제라도 숙소로 돌아가 봐야 하는 거 아녜요? 이렇게 우리 집에 머물러도…….」

「돼.」

그녀의 말을 뚝 끊어 버린 유세프는 확언했다.

「나는 지금, 내가 가장 신뢰할 수 있는 사람의 집에 머무르고 있는 중이야.」

「……!」

「세연. 당신이 내 나라로 떠날 때까진 여기가 내 숙소고, 집무실이야. 그러니 그렇게 염려할 필요는 없어.」

「집무……실이요?」

「응.」

「유세프는 집무실에서 여자를 안……!」

입술을 쭉 내미는 세연의 팔을 끌어당긴 그는 제 몸 위로 쓰러지는 세연의 허리를 기다란 팔로 감쌌다. 세연이 꼼짝없이 안겨 버리자 그는 쿡쿡 웃었다.

세연은 코끝을 간질이는 그의 숨결에 크게 호흡을 들이마셨다.

유세프가 달콤한 음성으로 속삭였다.

「이렇게 있으니 무인도에서의 일이 떠오르는군.」

그는 붉어진 세연의 얼굴 위로 입술을 가져다 댔다. 뜨거운 입술이 세연의 이마에 닿고 서서히 아래로 내려왔다.

눈두덩, 코끝을 지나 그녀의 입술까지 온 그의 입술 사이로 물컹한 혀가 고개를 내밀었다.

세연은 제 입술을 쓸어 버리는 유세프의 행동에 파르르 떨었다.

「그곳에서의 당신은 마치 가여운 생쥐 같았지. 어쩔 줄 몰라 하는 모습이 너무 예뻐서 입을 맞추고 싶을 만큼 귀여웠다고. 세연, 당신이 사랑스러워서 난 견딜 수가 없었어.」

첫 만남을 떠올리는 유세프의 말에 그녀는 심장이 쿵쿵거리는 것을 느꼈다. 유세프는 입을 다물고 있는 세연의 귓가에 계속해서 음성을 흘렸다.

무인도에서 세연이 다쳤던 이야기라든가, 처음 자신에게 안겼을 때 세연이 어떠한 얼굴을 하고 있었는지, 세연이 자신의 모든 것을 받아들이고 싶다 말했을 때 얼마나 흥분했는지, 밤새도록 이어진 정사로 지친 세연이 축 늘어져 있는 모습이 아름다워 미칠 뻔했다는 이야기 등등.

미처 알지 못했던 무인도에서의 그의 감정들은 하나같이 노골적이어서 그녀는 얼굴이 화끈 달아올랐다.

「으, 음흉해.」

유세프는 뻔뻔한 표정을 지으며 되물었다.

「뭐가. 단지 추억을 떠올렸을 뿐인데.」

세연은 대꾸하는 그의 벽안을 직시하다 아래로 눈을 옮기며 중얼거렸다.

「몸은…… 안 그렇잖아요.」

언제부터인지, 그의 아랫도리가 반응하는 것이 감지됐다. 세연은 제 허벅지를 찔러 대는 유세프의 솟은 페니스를 인지했다. 손끝이 부르르 떨려 와 모른 척하려 했지만 그럴 수가 없었다.

유세프는 세연의 말에 짓궂은 미소를 입에 걸었다.

「들켜 버린 건가.」

「모를 수가 없다고요.」

유세프의 남성은 너무 커서 태연한 척하려 해도 할 수가 없었다.

세연이 투정 부리듯 고개를 돌리며 중얼거리자 유세프는 손을 뻗어 그녀의 보드라운 뺨을 쓸었다.

「세연.」

그가 그녀의 이름을 불렀다.

「당신을, 느끼고 싶어.」

세연은 툴툴거렸다.

「우리 집 문을 열자마자 했으면서.」

현관에서 시작되었던 오전의 정사가 눈앞을 스친다. 세연은 떨리는 음성을 내뱉었다. 유세프는 은근히 거절해 보려는 세연의 의사를 단절시켰다.

「그건 제대로 느낀 게 아니야. 침대에서 확실히, 당신을 안고 싶어. 알잖아. 나, 보름이나 참았다고.」

「……」

「응? 세연. 응?」

아이처럼 간절한 눈빛을 보내는 남자를 거절하긴 힘들다. 세연은 그의 보석 같은 푸른 눈동자에 홀려 버리는 자신을 똑똑히 인지하면서도 절대로 '싫어요'라는 말을 뱉어 내진 못했다.

하아, 숨을 내쉰 세연이 고개를 들어 그의 입술을 살짝 뜯자 유세프의 벽안에 생기가 감돌기 시작했다. 세연은 씩 웃으며 저를 침대 위로 눕히는 그의 재빠른 행동에 혀를 내둘렀다.

목욕 가운 하나만을 걸치고 있었으므로 유세프의 손길 한 번에 세연은 눈 깜짝할 사이 나신이 되었다.

두근두근, 그의 파란색 눈동자에 비친 제 모습은 겁을 먹고 있기도 했지만 기대를 안고 있는 것 같기도 했다.

세연은 들썩이는 자신의 가슴 언덕을 향해 다가오는 유세프의 보드라운 머리카락이 피부 표면을 간질이자 입술을 깨물었다.

「아흑!」

적지 않은 시간 동안 금욕을 했다는 이유로, 욕망에 잔뜩 젖어 있던 유세프는 이글거리는 시선으로 세연을 쳐다보다 그녀의 가슴골 근처에 얼굴을 파묻었다.

그의 뜨거운 입안으로 제 가슴이 들어차자 세연은 몸을 비틀었다. 거친 숨결이 입술 사이로 터져 나왔다. 유세프의 말랑한 혀가 솟아 있던 유두에 닿았다. 세연은 온몸으로 퍼져 가는 찌릿한 감각에 호흡을 멈추었다.

「아항, 흑, 하앗, 아앗!」

유세프는 유두 돌기를 깨물기도 하고, 빨아 당기기도 하며 세연을 유혹했다. 그녀는 혀끝으로 유두 근처를 배회하는 남자의 야스러운 행동을 막지 못했다.

끊임없이 숨결을 토해 내며 그의 아래에서 신음을 뱉어 냈다. 유세프는 점점 더 과감해졌다.

「하아, 웃, 흐으읏!」

커다란 그의 손바닥 안에 꽉 들어차는 세연의 젖가슴을 주물럭거리며 유세프는 그녀의 호흡을 가쁘게 만들었다. 세연은 한시도 몸을 가만히 두지 못하고 움직였다.

유세프는 멈추지 않았다.

세연이 탄성을 내뱉으면 내뱉을수록 그는 거칠고 빠르게 그녀의 신경을 건드렸다.

그는 세연의 쏙 들어간 배꼽 안을 기다란 혀로 콕콕 쑤셨다. 세연은 몸을 일으키려 했지만 유세프는 요지부동이었다.

전신을 흐르는 피가 미친 듯이 요동쳤다. 자극당하고 있던 그녀는 정신을 차릴 수가 없었다.

그는 세연이 흥분하는 부위를 잘 알고 있었다. 유두나 배꼽 근처에서 세연이 야릇한 신음을 토해 낸다는 것을. 그리고 세연이 가장 잘 느끼는 곳은,

「아핫!」

서혜부 주변이었다. 아랫배와 접하고 있는 대퇴부 쪽으로 혀를 가져다 대는 유세프로 인해 세연은 간드러진 음성을 터뜨렸다.

유세프가 세연의 성감대를 집중 공격하자 그녀의 여성 근처에서 애액이 흘러나왔다. 세연은 눈앞이 흐릿해지는 것을 느끼며 유세프를 응시했다.

유세프는 세연의 두 다리를 벌린 후 수줍게 모습을 드러낸 그녀의 여성을 내려다보고 있었다.

「유……세프!」

세연은 힘겹게 그의 이름을 외쳤다.

그녀의 클리토리스를 핥기 위해 다가가려던 유세프가 살짝 고개를 들어 세연을 올려다보았다. 세연은 얼굴을 일그러뜨리며 그에게 손을 내밀었다.

「어서……!」

피해 갈 수 없는 욕망이 세연의 머리를 잠식했다. 얼른 그
에게 안겨 거칠고 뜨거운 숨을 뱉어 내고 싶었다. 세연은 제
손을 맞잡고 씩 웃는 유세프의 파란색 눈동자를 보고야 말았
다.

빠져든다, 아름다운 그라는 늪에. 유세프는 숨겨진 세연의
여성을 공략하기 위해 그녀의 두 다리를 잡고 얼굴을 묻었
다.

「아흑, 하아, 으으읏!」

세연의 여성 근처를 배회하던 붉은 혀가 미세한 틈이 생
긴 그녀의 안으로 밀고 들어왔다. 세연은 말랑한 그것이 구
멍 사이를 파고들자 몸을 배배 꼬았다.

유세프는 신음을 흘리는 그녀의 목소리에 크게 날뛰며 세
연과의 밀당을 이어 갔다. 닿을 듯 말 듯, 야스러운 입김을
내쉬며 구석구석을 핥는 남자의 행각은 세연을 달아오르게
만들었다.

세연은 그녀의 허벅지 사이에 있는 유세프의 보드라운 갈
색 머리카락을 잡아당기며 입술을 잘근 깨물었다.

「으응, 흐으, 유, 유세……프!」

「……하아, 세연.」

「유세, 하아, 훗, 유세프!」

263

한계로 치닫는 제 모습을 발견한다. 세연은 더 이상 견디기 힘들다는 얼굴을 하고 유세프를 내려다보았다. 굵은 땀방울이 유세프의 이마에 맺혀 있는 게 보였다.

　그는 거친 숨을 토해 내는 세연을 올려 보다 눈을 돌리며 그녀를 끊임없이 괴롭혔다. 그것은 결코 싫지 않은 괴롭힘이어서, 세연은 그의 어깨에 손을 얹고 얼굴을 뒤로 젖혔다.

　「하앗, 흐으읏! 아핫!」

　본능적으로 터져 나온 탄성이 숨을 막히게 만들었다.

　세연은 흐려지는 시야를 바로잡기 위해 눈에 힘을 주고 유세프의 이름을 힘겹게 불렀다. 그녀의 은밀한 곳을 할짝거리던 유세프의 벽안이 불길에 휩싸여 폭발하기 일보 직전인 게 보였다.

　세연은 허리에 반동을 주며 일어났다. 유세프는 갑자기 제 목을 껴안으며 그의 어깨에 입술을 가져다 대는 세연 때문에 멈칫했다.

　「그……만 괴롭혀요.」

　세연은 애절한 눈으로 그를 응시했다.

　유세프가 무슨 뜻이냐는 듯 싱긋 웃자 그녀는 그의 목에 두른 손이 아닌 반대쪽 손을 유세프의 다리 사이로 뻗었다.

　「세……연!」

　그가 제 페니스를 움켜쥐고는 촉촉이 젖은 입구 쪽으로

들이밀려는 세연의 이름을 외쳤다.

세연은 아랑곳하지 않고 딱딱하게 굳어 있던 유세프의 남성을 제 안으로 쑥 집어넣었다.

「아흐윽!」

강하게 밀려들어 오는 거대한 남성이 세연으로 하여금 호흡을 멎게 했다. 세연은 어금니를 악물며 그를 받아들였다. 유세프 역시 조여 오는 세연 때문에 인상을 썼다. 그녀는 그의 입술에 제 입술을 맞대며 속삭였다.

「해…… 줘요, 유, 흣, 유세프!」

세연은 그의 배 위에 올라타 천천히 반동을 줄 때마다 내벽을 긁듯 요동치는 유세프의 페니스를 느꼈다. 제 안에서 부푸는 그의 남성이 속을 채워 주었으면 했다.

세연은 숨을 헐떡이며 말을 꺼낸 자신을 사랑스럽다는 듯 바라보는 유세프를 내려다보았다.

그는 아래위로 몸을 움직이는 세연을 다시 침대로 눕힌 뒤 힘차게 허리를 움직였다.

「아흣, 흣, 흐으윽, 으응!」

유세프가 강하게 들어오면 올수록 교성을 내지르던 세연은 속에 들어왔던 그의 페니스 끝에서 뿜어져 나온 따뜻한 애액이 제 안을 가득 채우자 몸을 비틀었다.

유세프는 그런 세연의 아랫배를 문지르며 천천히 제 것을 그녀에게서 빼냈다. 그리고는 붉은 입술을 세연의 배 위에 살포시 내려앉히곤 낮게 속삭였다.

「사랑해, 세연.」

그가 흘린 달콤한 마법의 언어에 세연은 사르르 녹아 들어갔다.

❋　　　❋　　　❋

7박 8일 일정으로 한국에 입국한 유세프는 무려 한 달이 다 되어 감에도 불구하고 세연의 집을 벗어날 생각을 하지 않았다.

비록 공식적인 일을 모두 처리했다고는 하나 아라트로 돌아가야 할 그가 자신의 침대 위에서 끄떡도 않자 세연은 난감해했다.

물론 세연 역시 그를 너무도 사랑하므로 온종일 유세프를 보는 것이 싫지는 않았지만 그를 보좌하는 수많은 수행원이 제 집 앞을 지키고 있는 모습은 그리 좋은 광경은 아니었다.

「유세프, 이제 그만…… 돌아가는 게 어때요?」

이웃집에서 검정 슈트 차림의 아랍계 수행원들로 인해 크

고 작은 컴플레인이 들어오자 세연은 고민 끝에 입을 열었
다.

　세연의 무릎에 얼굴을 대고 그녀가 건네주는 적포도를 먹
고 있던 유세프는 눈썹을 까딱이며 대답했다.

　「싫어. 당신이 나와 함께 갈 때까지, 나는 여기 있을 거야.」

　「유세프.」

　「내가 돌아가길 원한다면, 세연도 함께 가도록 해.」

　「하지만 나는…….」

　「형도 당신을 기다리고 있다고. 왜 안 오냐고 난리인 거, 당신
도 잘 알잖아.」

　기어코 그의 형 야신까지 언급하며 유세프는 입을 쭉 내
밀고 투정을 부렸다. 세연은 어색하게 웃으며 대꾸하지 않았
다.

　야신 빈 아흐마드 알 라쉬드.

　아라비아반도 내에 위치한 아라트 왕국을 다스리는 국왕
이자 유세프의 형인 그는 불과 일주일 전까지만 하더라도 세
연과 유세프 사이를 열렬하게 반대했던 왕족들 중 한 명이었
다.

　심각한 브라더 콤플렉스의 소유자인 야신은 생김새부터가

다른 한국 여자와 평생을 함께하겠다고 선언한 유세프를 눈물까지 흘리며 말렸지만 세연이 아니라면 영원히 혼자 살겠다는 유세프의 엄포에 울며 겨자 먹기로 세연과의 관계를 인정했다고 했다.

아라트 국왕의 공식 허락까지 받은 두 사람의 러브 스토리는 모르는 사람이 없을 정도로 일파만파 퍼져 나갔다.

얼마 전엔 세연에게 할리우드의 유명 영화 제작자가 전화를 걸어 와 두 사람의 러브 스토리를 토대로 영화를 만들고 싶다고 허락을 구하기도 했다.

그렇듯 대한민국 국민들에게 일명 '유 서방'이라 불리기 시작한 유세프는 고국으로 돌아가라고 말하는 세연에게 그녀가 가지 않는다면 한 발자국도 움직이지 않겠다는 고집을 부렸다.

저 역시 한 고집 하지만, 한 나라의 왕까지 백기를 들게 만드는 유세프의 황소고집을 쉽게 꺾기 힘들다는 걸 인지한 세연은 일단은 뒤로 물러나기로 하고 마트에 다녀오겠답시고 유세프의 곁을 벗어났다.

「얼른 와. 당신이 없으면 심심해.」

한량이나 다름없는 얼굴을 하고 유세프는 밖으로 나갈 채

비를 하는 세연에게 손을 흔들어 주었다. 세연은 그런 유세프가 전 세계 여성들이 꺅꺅거리는 아름다운 벽안의 왕자가 맞는 건지 모르겠다며 툴툴거렸다.

'아.'

오늘의 저녁은 해물 전골로 선정했다.

저와 유세프뿐 아니라 그를 지키는 수행원들도 함께 식사를 할 생각이었다.

물론 유세프에겐 말하지 않았지만, 계속해서 그녀를 꼼짝도 못 하게 만드는 유세프에 대한 소소한 복수라 보면 될 것이다.

세연은 각종 해물과 야채가 담긴 장바구니를 두 손 가득 들며 사뿐사뿐 걸음을 움직이다 무언가를 발견했다. 마치 홀린 것처럼 간판을 올려다본 세연은 우뚝 멈춰 선 채 한동안 미동하지 않았다.

지금 세연이 보고 있는 간판 속에는 '쏨퐁 산부인과'라는 글자가 선명히 적혀 있었다. 세연은 산부인과 입구를 빤히 응시했다.

'그러고 보니…….'

갑자기 집으로 들이닥친 유세프로 인해 혼을 뺐던 터라 잠시 잊고 있었다.

세연은 날짜를 헤아려 보았다. 묘한 느낌이 들어 머리를 굴리던 그녀의 얼굴은 상념에 잠긴 지 얼마 지나지 않아 새파랗게 질려 갔다.

세연은 약간의 망설임 끝에 병원 입구로 발을 내딛기 시작했다.

※　　　※　　　※

요 며칠 동안 유세프는 그녀의 집 밖을 떠나지 않고 세연을 안고, 또 안았다.

한국까지 저를 따라온 수행원들이 하도 성화를 부리는 바람에 하는 수 없이 간혹 업무를 보기도 했지만 그 외의 시간은 모두 세연과 보내려 애썼다.

이유는 간단했다. 흘러가는 시간이 그에게는 무척이나 아까웠으니까.

세연은 유세프의 생각보다, 아니, 생각만큼이나 고집이 있는 사람인지라 쉽게는 아라트로 떠나지 않을 것이기 때문에 자신이 한국에 머무를 수 있을 만큼 머무르며 세연을 탐할 계획이었다.

물론 그 과정에서 세연이 마음을 돌려 아라트로 함께 떠난다면 더할 나위 없는 최상의 결과겠지만.

「흐음.」

왠지 모르게 나른한 저녁.

유세프는 마트로 장을 보러 간 세연을 기다리며 무료한 시간을 보내고 있었다.

한국의 TV 프로그램을 보기도 하고, 한글로 쓰인 책을 읽어 보려 애쓰기도 하며 세연이 돌아오기만을 기다렸지만 어찌 된 셈인지 그녀는 나간 지 한 시간 반이 흘렀음에도 감감무소식이었다.

세연을 안을 때는 그렇게 잘 흘러가던 시간이 왜 이렇게 느리게 지나가는 건지. 그는 슬슬 짜증이 치밀어 오르는 것을 느끼며 입술을 삐죽였다.

그때 초조한 얼굴로 리모컨을 쥔 채 소파에 앉아 있던 유세프의 귀에 딩동, 초인종 소리가 울려 퍼졌다.

세연이 집으로 돌아오자마자 다시 그녀를 침대로 향하게 만들 생각이었던 그는 벌떡 소파에서 일어나 팬티 차림으로 현관을 향해 달려갔다.

「세……!」

사랑하는 여인을 반기는 행위는 무척이나 즐겁다. 싱글벙글 웃으며 그녀의 이름을 외치려 했지만 활짝 문을 연 유세프의 눈에 보이는 건 세연이 아니었다.

제 눈에 비친 웬 남자의 모습에 유세프는 얼굴을 일그러뜨렸다.

『뭐지, 아미르.』

음산하고도 살기 넘치는 목소리가 유세프의 입술 사이로 튀어나왔다.

날이 선 그 반응에 웬만한 사람이라면 움찔거릴 만도 한데 얼마 전 유세프의 공식 수행 비서로 임명 받은 아미르는 태연함을 유지하며 대답했다.

『저는 전하의 수행 비서니 24시간 전하의 곁을 지키고 있는 것이 당연한 일 아니겠습니까.』

유세프는 코웃음 쳤다.

『그런가. 알겠다. 그럼 거기서 계속 기다…… 뭐야.』

씩 웃는 아미르에게 이를 갈던 유세프는 문을 닫기 위해 손을 뻗다 미간을 좁혔다. 아미르가 닫히려는 문을 가로막았기 때문이었다. 유세프는 으르렁거렸지만 아미르는 방긋 미소 지었다.

『세연 양이 저흴 초대하셨습니다. 오늘 저녁은 전하와 세연 양, 그리고 저희도 함께하자고 하시더군요.』

『뭐? 내 허락도 없이?』

유세프가 길길이 날뛰었지만 아미르는 어깨를 으쓱였다.

『세연 양의 허락은 있었으니까요.』

『……!』

『그럼 실례하겠습니다, 전하.』

❦

유세프에게 고개를 까딱이며 목례를 한 아미르를 시작으로 검은 슈트를 입은 수행원들이 줄줄이 세연의 오피스텔 안으로 들어왔다.

자신의 시간을 방해받았다는 생각에 그들을 노려보던 유세프가 불청객들을 막기 위해 뒤늦게 움직여 보았으나 그들은 이미 신발까지 벗은 뒤였다.

흥분한 유세프가 그답지 않게 씩씩거리고 있는 사이 불청객들은 원탁 테이블 주위를 둘러싸고 앉았다. 세연이 오기만을 기다리는 그들의 모습은 마치 어미 새를 기다리는 아기 새와도 같았다.

『세연 양이 늦군요.』

아미르가 벽에 걸린 시계를 흘긋거리며 중얼거렸다.

『그래. 그러니 꺼져.』

유세프는 성난 음성을 뱉어 냈다.

『기다리겠습니다.』

『당장 사라지라고.』

『세연 양이 슬퍼할 겁니다.』

『그전에 내가 너희를 죽일지도 몰라.』

유세프의 살벌하고 분노 서린 말에도 아미르를 비롯한 수행원들은 꿈쩍도 하지 않았다.

'빌어먹을 놈들.'

유세프는 부드득부드득 이를 갈며 마음에 들지 않는 불청객들을 아라트에 돌아가면 반드시 갈아치우겠다고 다짐하고 또 다짐했다. 바로 그때.

「……세연!」

삑삑, 대문의 비밀번호를 누르는 소리가 들렸다. 그는 귀를 쫑긋거리며 현관으로 달려갔다.

언제 화를 냈냐는 듯 태양처럼 밝게 웃으며 그녀의 이름을 부른 유세프의 눈에 푹 고개를 숙이고 있는 사랑하는 여자의 모습이 보였다.

「왜 이렇게 늦은 거야, 세연!」

유세프는 툴툴거렸다.

「그리고 세연, 당신이 저 녀석들을 초대했나? 왜 그랬어? 우리 둘만의 시간으로도 부족한데!」

「…….」

「당장 쫓아내자고. 저들에게까지 식사를 차려 줄 필요는 없어. 그러니…… 세연?」

그가 세연이 뭔가 이상하다는 것을 깨달은 것은 한창 말을 늘어놓던 중이었다. 평소 같았으면 '괜찮아요, 유세프' 하고 달랬을 세연이 여전히 얼굴을 숙이고 있자 그는 어리둥절한 표정을 지었다.

「세연?」

그는 커다란 손을 뻗어 그녀의 어깨 위로 얹었다. 세연의 어깨에 내려앉은 손을 살짝 흔들자 바닥을 내려다보던 세연이 휙 얼굴을 들어 올렸다.

「유세프!」

세연은 두 눈에 눈물이 그렁그렁 맺힌 채 그의 이름을 불렀다.

파르르 떨리는 그녀의 입술이 심상찮은 상황이 일어나고 있음을 짐작케 해 유세프는 짓궂은 장난을 치는 것을 그만두기로 했다.

그의 얼굴이 순식간에 냉정해졌다.

차분해진 유세프가 「말해, 세연」 하고 속삭이자 그녀는 입술을 열었다.

「우리, 부모가 될 것 같아요.」

❈　　　❈　　　❈

비행기가 연착을 해서 예정 시간보다 40분이 늦어 버렸어. 바로 갈까 하다가, 아무리 생각해도 그건 예의가 아닌 것 같아서 호텔에서 옷을 갈아입고 갈게. 다행히 왕실 전용 리무진을 빌려 준다니 너무 늦지는 않을 거야. 아마도 예전에 말했던 것보다 한 시간 정도 늦어질 것 같네. 나 대신 궁전에서

사귄 여자 친구들이랑 간단한 수다라도 떨고 있어. 이 언니,
금방 갈게. ―희우

　세연은 들고 있던 메모지를 내려놓았다.

　세연의 얼굴을 몰래 흘긋거리며 그녀를 주시하던 터번을
두른 작은 소년이 대답을 기다리고 있었다. 세연은 빙긋 웃
으며 그에게 말했다.

「고마워요, 알리.」

「……!」

「나가도 좋아요.」

　알리라는 이름의 소년은 힘차게 고개를 끄덕인 뒤 세연에
게서 메모지를 다시 건네받았다. 총총 뒷걸음질 치는 그가
문을 닫고 나갈 때까지 미소를 짓고 있던 그녀는 알리가 나
가자마자 주위를 살폈다.

　현재 세연이 있는 이곳은 아라트 왕국의 가장 중심부에 위
치한 '야시르' 성. 그곳에서도 '파라궁'이라는 이름의 궁전에
침실을 두고 있는 세연은 새하얀 대리석으로 만든 이 커다란
방이 적응되지 않았다.

「부……모?」

「네.」

「부모……라면…… 당신과 내가, 엄마와 아빠가 된다는……
말이야?」

　유세프의 안면이 그렇게 떨리는 것을 세연은 처음 보았다.
지옥과 같던 무인도에서도 그런 표정을 지은 적이 없었는데.
　세연은 혹 유세프가 제 말을 잘못 알아들은 건지 고민했
지만 이윽고 부연 설명까지 덧붙이는 그의 말에 내심 안도했
다.

「네, 유세프. 당신과 나 사이에, 아이가 생겼어요.」

　당연히 찾아와야 할 생리가 이번 달엔 없었다. 짐작 가는
것은 오직 하나.
　무인도에서 그를 완벽히 받아들인 이후 단 한 번도 질외
사정을 해 본 적 없었고, 콘돔을 사용해 본 적도 없었던지라
유세프와의 잠자리에서 새 생명이 생겨난 것이 분명했다.
　임신 5주째라는 이야기를 듣고 처음엔 무척 당황했었지만
세연은 곧 환희에 물드는 자신을 발견했다.
　아직 정식 혼인식을 치르진 않았지만 두 사람이 약혼한
건 전 세계가 다 알고 있는 사실이었고 조만간 세연이 아라
트를 방문하여 결혼식을 올릴 예정이었다.

많은 이들의 축복 속에서 태어날 자신과 유세프의 아이를 떠올려 보니 기쁨의 눈물이 차올라 세연은 의사 앞에서 펑펑 울기까지 했었다.

「세……연.」

그리고 그녀가 그랬던 것처럼, 유세프 역시 벅차오르는 감동을 참지 못하고 세연을 세게 끌어안았다.

「세연!」

세차게 뛰는 그의 심장 소리가 세연의 귓가로 들려왔다.

세연은 유세프가 뛸 듯이 기뻐하는 모습을 보며 옅게 웃었다.

이 아이는 틀림없이, 엄마와 아빠 모두의 사랑을 받고 자랄 것이다. 그 생각을 하니 얼른 제 뱃속의 아이가 세상에 나오는 모습을 지켜보고 싶어졌다.

『뭐? 세연 양이 임신을 했다고?』

예상치 못한 시기에 찾아온 세연의 임신 소식은 곧 유세프의 형이자 아라트의 국왕인 야신에게까지 들어갔다.

유세프가 세연에게 목을 맨다는 이야기를 듣고 사사건건 세연을 반대했던 브라더 콤플렉스 야신은, 이제 유세프보다 세연을 더 애지중지하는 중이었다.

그런 상황에서 세연의 임신 소식까지 접했으니, 얼른 세연을 아라트로 데려오라는 야신의 성화는 날이 갈수록 거세졌다.

아라트에서 대한민국까지, 세연이 오지 않는다면 자신이 직접 움직이겠다는 협박 아닌 협박까지 일삼던 야신으로 인해 세연은 안정기가 찾아오자 아라트로 향하는 비행기에 올랐다.

그렇게 아라트 내에서도 가장 고귀한 신분만이 사용할 수 있다는 파라궁에 임시 거처를 마련했다.

「세연!」

정신없이 일어난 그간의 일을 떠올려 보던 세연은 쾅, 하는 문소리와 함께 들이닥친 남자를 응시했다. 아라트 전통 예복을 입은 채 헉헉거리며 세연을 부른 아름다운 남자가 성큼성큼 다가오고 있었다.

그는 자신에게 고개를 숙이며 인사를 하는 다른 이들의 시선 따윈 개의치 않고 오로지 세연에게 신경을 쏟으며 그녀의 코앞까지 당도했다.

유세프는 「어서 와요」 하고 그를 반기는 세연에게 외쳤다.

「희우와 지훈의 비행기가 연착을 했다는 소식, 들었어?」

세연은 '지훈'의 이름이 나올 때마다 씩씩거리던 예전과는 달리 이젠 친한 친구처럼 그를 부르는 유세프를 바라보며 고개를 끄덕였다.

「네. 조금 늦겠다고 하더군요.」

「우리 항공사를 이용한 건가? 기장한테 주의를 줘야겠군. 연착이라니! 오늘이 결혼식이었다면 어쩔 뻔했어! 당신의 가장 친한 친구가 늦은 꼴이잖아.」

「괜찮아요, 유세프. 다행히 오늘은 결혼식이 아닌걸요.」

「그래도!」

「유세프. 우리 아이 앞에서, 그렇게 자꾸 화를 낼 건가요?」

「세, 세연!」

기장을 가만두지 말아야 해, 라고 연신 중얼거리는 유세프의 모습에 세연은 눈을 가늘게 뜨며 은근히 그를 타박했다.

유세프는 억울하다는 듯 그녀의 이름을 불렀지만 곧 꼬리를 내리며 세연의 배에 제 입술을 가져다 댔다.

「2세, 잘 들어. 나는…… 화를 낸 게 아니야. 단지, 조금 짜증이 난 거라고. 그러니 이 아버지의 성격이 나쁜 건 아니란다. 아버지는 좋은 사람이라고. 기장을 오히려 칭찬할 거야.

네 어머니의 친구들을 모셔 왔으니까. 이러면…… 되나?」

흠흠, 헛기침까지 덧붙이며 중얼거린 유세프가 사랑스러웠다.

세연은 입꼬리를 올리며 고개를 끄덕였다.

「잘했어요, 유세프.」

주치의에게서 매우 건강하게 자라고 있다는 이야기를 들은 세연은 배를 어루만지며 눈을 휘었다. 유세프는 그런 세연을 내려다보며 물었다.

「왜…… 그런 표정이지?」

입을 삐죽이던 유세프는 눈 깜짝할 사이에 근엄한 왕자의 모습으로 돌아왔다.

세연은 그런 유세프가 이 궁전과 너무도 잘 어울린다고 생각했다.

「실감이 나서요.」

「실감?」

「당신이 한 나라의 왕자라는 사실, 말이에요.」

유세프는 웃으며 말했다.

「국왕이 아닌 게 다행이지. 만약 그랬다면 당신을 곁에 두기가 더 힘들어졌을 테니까. 뭐, 결국은 내가 이기는 게임이었겠지만.」

확신에 찬 그의 발언에 세연은 질문했다.

「나와 결혼을 약속한 걸, 후회하지 않나요?」

그러자 그는 일말의 망설임도 없이 고개를 저었다.

「세연.」

그의 부드러운 목소리가 세연의 가슴에 닿았다.

「나는 말이야, 내게 기회가 주어질지, 안 주어질지도 모르는 왕위 계승 따위보단…… 내 눈앞에 있는 당신을 잡은 기회가 더 소중해.」

「유세프…….」

「그러니 후회 따위, 하지 않아. 절대. 우리의 아이에게 맹세코!」

세연은 제 배에 입을 맞추는 유세프의 과감한 행동에 얼굴을 붉혔다. 그는 부끄러워하는 그녀의 귓가에 나지막하게 속삭였다.

「형이 당신을 보고 싶다고 아우성이야. 빨리 모습을 드러내지 않는다면 만찬을 뒤집을 기세더군.」

「국왕 폐하께서는 참을성이 약간 부족하세요.」

「집안 내력이야.」

하하, 웃는 그의 장난스러운 말에 세연은 풋 웃음을 터뜨렸다.

유세프는 세연을 향해 손을 내밀었다.

「그럼…… 함께 춤을 추러 가실까요, 마이 레이디?」

세연은 사뿐히 들어 올린 손을 그의 손바닥 위에 얹으며
답했다.

「기꺼이.」

—fin

라쉬드 왕가에 대한 기록 제 1981장 중
무하메드 빈 파사트 알 라쉬드 4세의 제2남,
유세프 빈 이브라힘 알 라쉬드에 대한 기록

유세프 빈 이브라힘 알 라쉬드.

19XX년 아라트 페르 출생.

20XX년 영국 옥스퍼드 대학 경영학 학사 수료.

20XX년 영국 옥스퍼드 대학 경영학 석사 수료.

20XX년 아라트 왕실 공식 대변인으로 선정.

20XX년 라쉬 항공의 오너로 취임.

20XX년 두바이 그랜드 라쉬 호텔 설립.

20XX년 대한민국에서 두바이로 향하던 도중 비행기 추락 사고를 겪음(무려 열흘 가까이 실종 상태).

20XX년 사망으로 추정되었던 그를 태평양의 한 무인도에서 발견.

20XX년 함께 비행기 사고를 겪었던 대한민국의 한 여성(신세연, 당시 29세)과 정식으로 혼인 절차를 밟기 위해 당시 국왕이었던 야신 빈 아흐마드 알 라쉬드 1세를 번뇌하게 만듦.

20XX년 야신 1세, 끝내 두 남녀의 관계를 인정. 정식 혼인 절차를 진행함.

20XX년 신세연(당시 30세)과 전 세계인들의 축복을 받으며 평생의 인연을 맺음.

20XX년 첫째 아이 탄생. 나시르 빈 세온 알 라쉬드. 건강한 남자아이.

20XX년 둘째 아이 탄생. 라일라 빈 유시 알 라쉬드. 귀여운 여자아이.

20XX년 셋째, 넷째 아이 탄생. 카림 빈 지브릴 알 라쉬드, 나디아 빈 바라카 알 라쉬드. 이란성 남녀 쌍둥이.

.
.

20XX년 현재.

　유세프 빈 이브라힘 알 라쉬드, 지극히 사랑하는 여
인과 백년해로 중.

작가 후기

인 샤 알라(انشاءالله).

신의 뜻대로—라는 의미를 가진 이 말을 알게 된 것은 두바이에서 인턴 생활을 하고 온 친구 덕분이었습니다.

처음 설정에는 유세프를 왕자 신분이 아닌 단순한 호텔왕 정도로 설정하려 했었는데, 시리즈로 제작해 보고 싶은 욕심이 생겨 가상의 나라(아라트 왕국)와 왕조(라쉬드 왕조)를 만들어 버렸습니다. 물론, 시리즈 제작이 이루어질지는 미지수입니다.

두 번째 종이책을 낸 후 꽤 오랜만에 찾아뵙는 터라 기억해 주시는 분들이 많으실지 모르겠지만 앞으로 뵙게 될 분들과 저를 기억해 주시는 분들 모두께 이 자리를 빌려 감사의 인사를 전합니다.

인 샤 알라가 이 세상에 나올 수 있도록 도와주신 봄 미디어 출판사 관계자 분들, 인 샤 알라라는 말을 알려 준 소중한 친구 민주에게 한 번 더 감사를 전합니다. 고맙습니다.

저는 쓰고 싶었던 글을 쓰고 난 뒤라 무척 기분이 좋습니다. 이 글을 읽으시고 난 독자님들께서도 저와 같은 마음으로 책장을 덮어 주셨으면 하고, 바라봅니다.

기회가 된다면 다시 한 번 중편의 글로 찾아뵐 수 있도록 노력해 보겠습니다. 그전에 장편의 글로 한 번 더 찾아뵈어야겠죠. 그때도 반갑게 맞아 주셨으면 합니다.

다사다난했던 2014년이 지나갔습니다.

개인적으로도, 그리고 나라 전체로도 크고 작은 일이 많아서 힘겨웠던 2014년을 보내며 다가온 2015년은 더욱 힘차고, 즐거운 일만 가득하기를 기원합니다.

—2015년의 어느 날, 예거 드림.